U0744166

唐东楚 著

游学波士顿

美国教育、文化亲历

My Academic Visit and Travel in Boston

生活·讀書·新知 三联书店

图书在版编目（CIP）数据

游学波士顿：美国教育、文化亲历/唐东楚著．—北京：生活·读书·新知三联书店，2016.4
ISBN 978-7-108-05443-2

Ⅰ．①游…　Ⅱ．①唐…　Ⅲ．①游记-作品集-中国-当代
Ⅳ．①I267.4

中国版本图书馆 CIP 数据核字（2015）第 182225 号

责任编辑　胡群英
装帧设计　薛　宇
责任印制　宋　家
出版发行　生活·讀書·新知 三联书店
（北京市东城区美术馆东街 22 号 100010）
网　　址　www.sdxjpc.com
经　　销　新华书店
印　　刷　北京隆昌伟业印刷有限公司
版　　次　2016 年 4 月北京第 1 版
2016 年 4 月北京第 1 次印刷
开　　本　880 毫米×1230 毫米　1/32　印张 7.125
字　　数　110 千字　图 44 幅
印　　数　0,001-5,000 册
定　　价　38.00 元
（印装查询：01064002715；邮购查询：01084010542）

目　录

序　一个读书人眼中的美国

其时我已回国，先生从美国打来电话，兴奋地说《游学波士顿》已写完第四章，要我给他作序。我认为他是突发奇想，当下也不好马上拂他的意，笑着含糊应答了。

却不知回国后，他像个小喇叭似的到处唱：要请我这个夫人作序。我有点畏难，只想抵赖，他却不依不饶，深感于他对此事的激情。

本来，出国对他来说是个艰难的选择，如果不是学校要求，恋家如他般不可能选择出国一年。就像儿子在知晓我们仨要一起去美国时，抗议地嘀咕：去日本、韩国也可以啊，去美国，离家那么远……真是父子如出一辙。同为恋家，不同的是，先生说既然要出国，那就去世界“老大哥”美国，用一整年，看尽资本主义花花世界的繁华与文明。而彼时，我们对美国的了解，只限于玛格丽特·米切尔笔下的《飘》所展现的现实主义情怀，以及特定角度的新闻信息下所表现的美国的傲慢。

因此，当我们仨从北京登上美联航航班，离北京越来越远时，那份忐忑也不时袭上心头，彼此都没说，但心知肚明。飞机上有近一半的同胞，旁边的帅哥也是，跟他聊聊经历及美国的情形（他是跨国公司的职员，据说经常往返中美），倒也轻松不少。我看着站在机尾、面无表情的美国大嫂，感慨这就是美联航的服务。旁边的帅哥激烈地表示：美联航的服务很差劲，你看他们有多傲慢，每趟航班都有近一半的华人，可他们就是不提供中文服务。从国内去别的国家，航班上的中国人少多了，可基本上都提供三种语言服务。

平生第一次，我硬生生地体会了美国人的傲慢，加深了对未来的担忧。直至飞机降落在波士顿罗干机场，走出机场看见房东及朋友如期来接我们时，忐忑的心才一下子定下来。

在房东和朋友的指点下，我们开始了在波士顿的生活。第二天到唐人街去办美国的电话卡，说是商店有卖。很容易就找到了商店，不大，类似于国内的中型连锁超市。进去后儿子想上洗手间，遍寻超市不见，问一个亚裔模样的服务员，怎么表达她都不懂（后来才知道我们常说的 WC 不是厕所的惯常用法），最后先生说“嘘嘘”，那姑娘终于明白了。她招手叫来一个白人帅哥带我们去。那帅哥取来一串钥匙，开了超市一个角落的门，微笑着让我们进去，说这是他们员工专用的厕所。那一刻，我们都涌起一股温暖的感动：美国人还是很友好的。

几天后我们带儿子去 Government Center 办理入学登记，还在门口东张西望时，一个华人阿姨主动跟我们打招呼，并带我们去相关部门，全程陪同我们办理。令我们感慨的是，这里仅凭一纸租房合同就给儿子安排学校及入学前体检、打疫苗等事宜。其他的，我们只需按约定的时间把儿子送到学校去就OK了，完全不需要自己再去联系什么。儿子中午不回家，在学校就餐，刚开始语言不通，学校安排了华人孩子陪着他。我们以为中餐要交费，结果儿子说没人收他的钱，真是免费的午餐了。之后儿子带回一张家庭收入申报表，我们按国家每月给先生的生活费标准1800美元填了，返还给学校。后来知道学校就是凭这张自己填的收入标准判定我们为贫困线以下家庭，孩子在校可以享受免费的早餐和午餐。原来，学校根据家长填报的收入额来决定孩子在校就餐的收费标准：同样的午餐，收入高的家庭收费相对高，收入低的家庭收费就低，贫困家庭完全免费。这让我们见识了美国式的公平。我们疑惑：学校不要求提供任何经济证明，家长会如实申报收入吗？毕竟一顿午餐的费用也不便宜。但他们就是这样相信着每一个人。

再后来，我们到摩登图书馆办借书证，只要拿一个通过邮局寄过来的，写有本人住址及姓名的信封封面，如此足矣。先生办了借书证，不放心地一个劲儿问可以借多少本书，得到的答复总是“many many”。有了上次申报家庭收入的经历，我们对老美这种管理模式也就没那么惊讶了。在借书回去的路上，我们三人讨论：美国各机构何以能做到如此？美国人又何以能如此诚信？对于外来者，美国又何以能如此放开，并无所顾忌地接受其共同享受公共资源？

接下来在波士顿的衣食住行，我们继续享受着美国的安静、繁华、文明与秩序。每天早上7点10分左右出门，送儿子去学校，一路翠绿嫣红相伴，体会着欧式古老建筑的静谧；经过地铁站门口，享受着那个站着派送免费报纸的黑人小伙“Good Morning！”的愉快问候。在清晨的蓝天白云下，铁路桥下一群鸽子悠闲地啄食，对来往行人视若无睹；路边树上，小松鼠不停地上蹿下跳。公交车到站，司机一定是让坐轮椅的人先上，并离座耐心帮助他们绑好轮椅，下车时再帮助他们解开；等公交车时，冷不防地会有衣着整洁的姑娘、小伙来到人群中，试探性地问着“Can you give me one dollar？”，人们打开皮夹拿零钱时还不忘愉快地跟她（他）交谈几句……如此这般，心总是柔软的。渐渐地，我们有了想把这美好记下来与人分享的冲动。随着日子的积累，生活的深入，先生的这种冲动越来越强。

他开始真正地游学。除了一家人的活动外，他经常独自背着包去寻找波士顿留存的抑或是遗落的文化，津津乐道，乐此不疲。哈佛、麻省、耶鲁、波士顿公园、自由之路、茶叶事件地、总统大选现场等，都能看到他的身影。每次回到家，他都激动地叽里呱啦个不停，跟我们谈发现。我因每天下午3点要接儿子，并不常跟他一起去。后来我提前回国，他便通过QQ不停地跟我分享。如此投入，让他也闹出不少惊险事件。记得有天早上快8点了，我接到他的越洋电话：“我迷路了，又坐错了车，这么晚了还没去接儿子，怎么办？”天啊！当时应该是美国的晚上7点了，儿子放学已三个多小时。真有点恼他，但那样焦急的声音让我不忍心责备他，只告诉他别急，赶快去学校。因为我们都交代过儿子，放学没看到父母的话，一定就在校门口等着，怕相互错过。儿子肯定一直在这种担忧中坚守地等着。果不其然，当他花大价钱打的士赶到学校时，看到昏暗的路灯下，儿子独自站在冬夜的寒风里，禁不住热泪盈眶。

从此，我的心也揪着，担心远在波士顿的他们父子俩。后来发生了康州校园枪杀案，又发生了波士顿马拉松爆炸案，他第一时间打电话给我："上帝保佑了我们，我们正在爆炸案现场，但我们没事。"放下电话，我忍不住双手捂胸，低头默念着感谢上帝。多么不容易，他们正亲历着美国的另一面。

波士顿的一年，给了他太多的体验与感悟。

转眼，回国已经两年，在疲于应付避不掉的凡尘琐事中，我以为他的激情会消磨掉一些。如我，回国初期，感慨于在美国见到的孩子们对社区图书馆的热爱，不停地向周围的朋友介绍并鼓动，能否利用义工、高校资源建一个类似的图书馆，发挥美国社区图书馆那样的功效，倘若实现，那可是我们的孩子之福呀。但自己也就那样倡议了几次，畏难种种而没有行动，曾有过的想法与冲动似乎都已付诸流年。

我以为他也一样，可他不一样。他还是那么激情万丈地谈论着这本书，谈论着波士顿一年的所见所学所感；在课堂上热情地与学生分享，试行美国课堂的苏格拉底教学法……我调侃他的孩子气，又感动于他的至真至诚及浮华时世下的执着。只能说，他是一个真正的读书人。

愿这个真正读书人的这本书，能给想去、将去或者已经去过美国的朋友，打开窥视美国的一扇小小的窗。

顺便说一句，这本书中不时冒出来的美国当地英语，对我这样之前只在课堂上、考试中学英语，而从未到过英语国家运用英语交流的人来说，确实还有一番别样的收获呢。

钟慧媛

2015 年 5 月于中南大学

自序　让法治和教育使一切变得更澄澈

美国只有短短两百多年的历史，为什么能发展成现在的超级大国？带着这种疑问，我踏上了游学波士顿的路。

2012—2013年这一年中，我睁大双眼，迫不及待地拿着“放大镜”、“显微镜”去观察波士顿的文化和教育，试图求解：美国为什么强大？怎样使有着五千年悠久历史的中国更强大？

中国改革开放三十多年来，已经以“中国速度”取得了经济上的巨大成就，在很多领域都取得了巨大进展，奏响了中华民族伟大复兴的序曲。2014年年底，习近平总书记在江苏调研时提出，要协调推进“全面建成小康社会、全面深化改革、全面推进依法治国、全面从严治党”。习近平首次提出的“四个全面”，是中国复兴伟业的战略路线图。托克维尔的《旧制度与大革命》在中国大地一度洛阳纸贵，在某种程度上也反映了中国社会对历史的反思和对法治的热望。“人民至上是根本，法治方能兴中华。”

这几年的中国热门词汇，不乏中国梦、核心价值观、新常态、反腐、法治、创新和“APEC蓝”等。新浪网将2014年的中国年度词归结为“蓝”，它象征着梦幻、期待和澄澈。说到底，这寄托了人们希望中国社会更加清亮、澄澈的期望：不仅要山清水秀、天朗气清，而且要让每个人感受到公平和正义。

要想去除各种各样的“霾”——官场的霾（腐败）、人心的霾（失信）和自然界的霾（环境污染），首先要靠法治，其次要靠教育。

法治本身就是一种教育，法学家本身就是法学教育家。伦理学也不是只说不做的空洞理论或口号，而是要身体力行，不断探究人的行为“如何是好”的实践哲学。

师者，传道授业解惑也。除了知识、技能和方法上的“授业解惑”外，所谓“传道”，就是为人师者以身作则，润物无声地“陪伴”、信任和等待，还有爱。

中国正不断往好里走。当反腐肃贪吏治清明，各行各业都朝气蓬勃，年轻人不再削尖脑袋争着去“当官”的时候；当教师和教授不再靠行政职务，而是靠学问人品、靠教学科研服务社会而“显贵”的时候，中国就会更加往好里走了。

愿一切变得更澄澈！

是为序。

唐东楚
2015年5月
于美丽的中南大学

缘起 “末日心态”去访学

来美国之前，我从未出过国，这次是抱着一种“末日心态”赴美访学的。因为第一，不出国已经“混”不下去了。学校 2010 年年初传出风声，以后晋升高级职称，必须有一年以上出国留学的经历。第二，2012 年是玛雅人传说中的“世界末日”，尽管不相信，但心里还是有点惴惴然。

这种“末日心态”也未必都是负能量，我也知道“末日新生”的道理。如果把每天当作末日来珍惜和努力，倒也未必是件坏事。

2012 年与“世界末日”

2009 年春节南方发生特大冰雪灾害，我母亲临终前，不知为什么竟拉着我的手，毫无缘由地说起美国：“你去美国要回来，每年清明节要记得回来看我啊。”她还一再告诫我，钟书（我儿子）将来到美国留学，一定要回来工作。可能在母亲心中，“美国”就是“外国”，或者是最好的外国。

2010年我父亲也年老去世了。以前是“父母在，不远游”，现在，我再没有拒绝远游的“借口”了。虽然也有“人到四十不学艺”的古训，但毕竟现在是知识经济和终身学习的时代了。年过四十还要漂洋过海去美国，而且必须在那里生活一年，这对我的确是一个艰难的抉择。

儿子在旁嘟囔：“为什么非去美国？那么远！日本、韩国不行吗？”

“不。要去就去美国！美国才是最厉害的嘛。”我这样对儿子说，一半是因为母亲的临终“预言”或“预祝”，一半是想以此来坚定自己的决心。

然而“2012”对于美国来说似乎是个恐怖的数字：美国大片《2012》里充满了海啸、地震等令人毛骨悚然的“末日景象”。

记得2010年春节之前，我们一家人到港澳旅游，我买了一份《大公报》，上面有篇文章预言2012年美国黄石公园火山将爆发，加之海啸、地震，几乎三分之二个美国将从地球上消失。这张报纸至今被我保存在书柜里，是2011年1月26日《大公报》的C1版，文章题目是《2012末日不是神话：黄石火山蠢动，恐吞三分之二美国》。

英语培训

2010年9月，我来到了广州白云山下，到教育部指定的广东外语外贸大学（我们常简称“广外”）进行为期半年的出国英语培训。

英语，从中学一路学到博士毕业，给我的感受是，作为考场中“PK”（Play Kill）对手的武器，在中国显得尤为重要。然而，二十多年的经历，除了每次英语考试比别人高出几分而获得某种机会，以及由此而产生的获胜快感外，英语学习本身所带给我的快乐几近于无。

我们五十几个来自南方不同省市的高校老师，为了相同的目标，期望能在美丽的“广外”，被老师的神奇“魔棒”一点，化腐朽为神奇，立马开启二十年的功力，马上脱口而出用英语交流起来。我们的英语学习，也似乎将从“应考”转为“运用”了。

因为英语成绩一直不错，我总以为自己还可以。结果，在班上第一次用英语自我介绍时，就备受打击。许是好久未张口的缘故，一紧张，本想说我是这个班上“年纪”最大（oldest）的，结果却说成了 biggest，变成“外形尺寸”最大的了，显然不符合我这个南方人原本个子不高大的体形特征，引得大家哄堂大笑。

那时流行给自己取个英语名字，我不知道英语名字的正确取法，琢磨了很久，给自己起名“Donald Don”，自我感觉还不错。有一天，我的同桌吴迪在课堂上介绍我时，称我为“Dr. Donald Don”，译成中文就是“唐纳德·东博士”。听得大家一头雾水，耳边就只有“当当当”的声音，后来大家干脆喊我“当当唐”。不知为什么，我倒非常喜欢这个名字。

后来，有个海归朋友说我这不是英语名字，说 Donald 不是英语中的“名”，Don 也不是英语中的“姓”。但据我所知，“麦当劳”（McDonald）和“唐老鸭”（Donald Duck）中的 Donald，就分别代表姓和名。还有，“二战”抗日时美国“飞虎队”的那个“唐纳德”将军不也是吗？孰是孰非，不明就里。

及至来到波士顿后，我还满大街去看那些建筑物上刻的人名，因为很多建筑物上有捐赠人的名字。最后发现，那个海归朋友的说法并不成立。再后来到哈佛学英语，看到有同学请老师 Mary 给自己起英语名字。于是，我又正儿八经请教了她。她告诉我，英语取个名就行，姓还保持中文拼音的原样，就叫“Don Tang”，还说 Don 比 Donald 更厚重些，这是后话。

在“广外”的半年，每天早晨，在缥缈的晨雾下，我们对着白云山下潺潺的溪流，大声地朗读。有人开玩笑说，天天听着一拨又一拨被培训的人读英语，连小溪里的金鱼都会说“哈哎呦”（How are you）了。

每次散步，大家都戴着耳塞，经常一听几个小时，听得耳根发红、发痛。按照教育部的标准，听力单项 30 分的总分，必须达到 20 分以上才算合格。而我的英语听力，好不容易从 6 分提高到 18 分，最高也就 21 分。

每天晚上，我不得不练习那枯燥无味、毫无上进的“60 分英语作文法”。

英语阅读虽是“传统强项”，但也马虎不得，有时连续几个上午待在图书馆，研究阅读题的高分技巧，我自己把它叫作“奇门遁甲法”。

我们学员努力，老师用心，似乎都是为着最后的结业——“全国统考”。当了多年大学的老师，我们这些“老学生”对这种英语应试教育的“体制性失败”深恶痛绝，却又无计可施。

也不知道教育部既然指定“广外”等学校进行出国培训，又为什么不授权它们自行考核并发放合格证书，还搞什么“全国统考”？！这硬是把“出国培训”变成了“考前培训”。也许是不信任，也许是善意的强制和哄骗吧。

困惑于一辈子这样学英语，我更想去看看美国的教育。

申请公派

取得了出国英语培训合格证，接下来就是申请国家留学基金委的公派留学。

2011年春着手申请，学校要求最好有国外大学的邀请函。在这个竞争激烈的社会，说是“最好”，其实就是“必须”。没办法，只好求助于当时正在美国波士顿访学的师兄，要他帮忙弄张邀请函。

因为含我在内，法学院有三个人同时申报，于是请师兄给我们三个人每人弄了一份，但言明以后还得自己联系学校。明摆着，人家学校不可能一下子接收同一个单位同时派来的三个访问学者，只能是走个形式，典型的“中国做法”。

值得一提的是，这中间有个程序上的小矛盾：国家留学基金委要求先有国外大学的邀请函，才能录取批准；而通常情况下，国外大学（尤其是美国的大学）又要求先获得国家留学基金委的录取批文后，才同意发邀请函。

第一次申请是国家全额资助项目。没想到纯粹是练兵。也不知道教育部的选拔标准到底是什么，反正只知道，我们法学院至今只有一人申请成功。我们那批去“广外”培训的，中南大学和湖南大学这两个“985”大学的十几个同学，也只有一人被批准。

第二次申请是所谓的“青骨1+1”项目，即留学费用由教育部和所在高校各负担一半。对于个人来说，与第一次申请的国家全额资助并没有什么区别，都是国家公派，都是访问学者，生活费都是一样的，唯有钱的来源不同而已。

9月申报，12月底才有结果。等待审批的过程有些焦心。同批参加外语培训的人基本都申报了，大家相互打听，互换信息，有点人心惶惶。但最后的结果都不错，除了个别地方院校的“同学”还在联系外，至少我们中南大学和湖南大学的都如期派出了。尤其是我们法学院的三人都去了美国，两人去的是波士顿。

联　系

等待教育部审批期间，我有幸参加了湘潭大学组织的中美首届调解高级研讨培训项目，史密斯教授也参加了这次培训交流。师兄就推荐我和师弟一起去找他。

史密斯教授是萨福克大学法学院的前任院长。因之前有过几次交流，加之师兄的推荐，他很热情地接见了我们，答应推荐我们去做访问学者，但要等他们学校同意，所以建议我们同时联系一下其他学校，再做最后定夺。

我所学专业一直是民诉法，硕士和博士阶段都投在恩师何文燕教授门下，所以这次访学，也想跟一个民诉法专业的导师学习。于是我想到了经常用作研究生教材的那本书——《美国民事诉讼的真谛：从历史、文化、实务的视角》的作者，美国东北大学的史蒂文·苏本和玛格瑞特·伍（绮剑）教授。

苏本教授可能年纪有些大了，而伍教授正当年，她不仅是东北大学法学院的终身教授，而且是哈佛东亚法研究中心的研究员。网上搜索阅读了大量资料后，我斗胆给伍教授去了一封"伊妹儿"（E-mail）。

我在邮件中请求跟她做访问学者，并附上我的个人简历、研究计划、免冠高清照片和博士学位证书复印件。并且告诉她，我准备了师兄和另外一个同事的推荐信，等我收到国家留学基金委的最后录取通知，如果需要，再一起发送给她。

邮件发出不到一个星期，我接到师兄电话，说伍教授通过邮件问他，是不是推荐我去跟她做访问学者，并且要我把推荐信发给她。情急之下，我把没经师兄签名的推荐信 Word 文档，用电子邮件发给了伍教授，并转发了师兄。没想到，第二天接到师兄电话，我被骂了一顿："还讲自己研究诚信，连个签名都没有的 Word 文档发给别人，怎么诚信？！"我这才知道，从此以后凡事不可马虎。每个人在国际交往中的每一个细节，都是"民间外交"，关系中国形象。

随后我和伍教授、东北大学法学院办公室主任詹尼斯（Janis），以及东北大学国际学生学者中心（International Student & Scholar Institution，ISSI）行政副主管梅朵（Meadow）通过往来邮件不断沟通，包括购买保险的注意事项、正式邀请函、"2019"信息表和报到须知等。

有意思的是，我潜意识里不知怎么就把那个办公室主任和行政副主管都当成了“男领导”，邮件里也一直称詹尼斯为先生（“Mr. Janis”），对方也一直未提醒我。直到后来见面时，我才知道“他们”二人都是女性。

我把这种对詹尼斯太太的想象，当着她的面说出来的时候，逗得她哈哈大笑。梅朵是一个漂亮娇小、金发碧眼的姑娘，我当面赞她“so young，so pretty”时，她害羞得脸都红了。

我的正式邀请函有两份：一份是时任东北大学法学院院长艾米丽（Emily A. Spieler）教授亲笔签名的；另一份是东北大学ISSI行政副主管梅朵小姐亲笔签名的。正式邀请函和纸质的“2019”信息表、保险表格等，都是用联邦快递邮寄过来的，没有电子文档。

伍教授的邮件每次不超过三行字，主要是询问进度如何，问我要收到相关文件的最后期限（deadline）等。典型的美国人交往方式，“短平快”的风格。

倒是那个可爱的詹尼斯太太，也许是因为东北大学法学院地处波士顿“亨廷顿大道”（Huntington Avenue），“亨廷顿”（Huntington）的发音与“狩猎”（hunting）有点关联的缘故，在第一次邮件的末尾，竟然特意附了一句非洲谚语：“直到狮子拥有它们的历史学家之前，狩猎的传说总会一直赞美猎人。”

签　证

毕竟这是第一次出国，每走一步流程，都有着种种顾虑与担心，办完全部的出国手续，我笑言：相当于重读了一个“博士”。

拿到美方的“2019”信息表，我第一时间打电话预约面签。

美国大使馆很人性。电话里我提出希望安排我们到广州领事馆面签，一是听说那边办理签证的人少些，二是那里离我们近，能当天往返。工作人员果真就安排我们到广州面签。

特别感谢时任美国驻华大使骆家辉先生，他到任后改革，14 周岁以下儿童免予面签，只需监护人提交相关资料即可，这就免除了儿子对面签的担心。

之前有个朋友被北京美国大使馆拒签了。为免被拒签，我上网海量地阅读了相关信息，将一个先前签证成功的“广外”同学的“签证成功全攻略”反复琢磨，并和网上的信息相比照，俨然成了半个出国签证的“攻略专家”。

存款证明，房、车证明，结婚证明，单位证明，学习证明等等一一准备好，细致地为一家三口每人准备一个资料袋，并在袋子的外面标明材料的明细目录，以便到时按图索骥，随时递交。

签证时人倒不多也不少，排了一个多小时的队到了安检口。都说美国人从“9·11”事件后安检变严了，这次算是见识了。看到前面的人弯腰、蹲地、脱鞋，然后手提鞋子，赤脚走过灰迹斑斑的地板，再穿过安检门，夫人的眉头拧在了一起，觉得美国人不够意思，太不人性化。

过了安检门，男的还必须脱下腰间皮带。看到有的男士，生怕裤子掉下去，手提裤头慌张往前赶的样子，有说不出的狼狈。特别是那些老年人，先是手忙脚乱地脱鞋、解皮带，过了安检之后，再窸窸窣窣地穿鞋、系皮带。尽管心里不舒服，但看别人也是这样，自己也只得如此了。

到了美国后才知道，不仅机场安检必须脱鞋解皮带，就是去法院旁听也是如此，也就见多不怪了。有次我到法院去旁听，过安检时脱了鞋，忘记解皮带，机器就“叽叽叽”地叫起来，我只好返回，重新解下裤腰上的皮带再通过。

不过，安检时所有的心结在见了面签官后，都释然了。

我们前面的一对老夫妻讲不清楚英语，那个面签官就用中文问他们为什么去美国，不等对方回答，他就幽默地大笑着说：“哦，我知道，你们就是想去看奥—巴—马！”这让我们轻松了很多。

轮到我时，递上有关材料，大多数他看都没看，只简单地用英语交流了下，问了去哪个学校、从事什么工作等。他语调轻快、表情丰富，真是幽默可爱，我不禁被他感染，心情变得愉快起来。

看到我夫人在旁边，他随意地问了一句：“Can your wife speak English too?”我捅了一下夫人，示意她回答，夫人忙说：“Sorry，a little，a little。”没想到那个签证官对我说：“她可以不需回答，我在问你呢。”转头又对我夫人说：“你不用对我说对不起，祝你们到美国愉快！”

也许这又是一种美国风格：幽默，但不失认真。

成　行

面签一个星期后，我们就拿到了签证。

于是夫人在网上订了美联航她和儿子的机票。我的机票则需由国家留学基金委订，我发了一个邮件给他们，提出想一家人乘坐同一趟航班，请予满足。留学基金委按我的要求给我预订了机票并让我确认，不过因为订票时间不同，一家人的座位没办法选在一起了。对方还告知我，美联航只能托运一件行李，不像中国航空公司飞美国的航班那样，一张机票可以托运两件行李。

考虑到先前《大公报》上说的“美国末日”，以及对肾结石再度发作的担忧，我明知道不少人到了美国买保险只是走个形式，不会真买。但在成行前，我还是执意要夫人无论如何先买好“出国保险”，前后两次共花了六千多元人民币。以前对买保险一直怀有“偏见”的我，竟然第一次有了如此全新的期待：买保险，买的就是“保证没危险”。

接下来的租房颇让人费神。上网查询了海量的租房信息、租房心得等，还是懵懵懂懂，不知该怎么办。

好在有个曾在“广外”一起参加出国英语培训的同学，广西医科大学的曾麒燕教授，其时正在波士顿的哈佛大学医学院访学。于是请她务必帮忙，跟她说，无论如何，飞机一落地，第一个晚上，我们一家人要有一个睡觉的地方。

租房不容易，后来我自己为后到的师弟一家租房时就深刻体会了这一点。

在我们出发前一周，曾麒燕终于帮我们把房子租下来了。尽管美国人出租房子是不带任何家具的，她还是和房东莫莉（Molly）去帮我们买了床，准备了基本的锅碗瓢盆等生活用品。她说到达的当天，会和房东莫莉一起来接我们。

一颗石头总算落了地，焦虑的心一下子安定了不少。

然而好事多磨，出发前三天，儿子调皮，中午在托管部打闹推门，整块门上的玻璃掉下来，扎到手腕，血流不止。到医院，最大的伤口缝了五针，周围的小伤口呈放射状散开，当时情景真有点吓人，至今他手腕上还疤痕累累。万幸他当时闪得快，没扎到头。

这件事，让我对即将的远行又多了点忐忑。夫人嘴上没说，估计也和我一样。只有儿子没心事，沉浸在因受伤而受到关爱的享受中，沉浸在大家称赞他勇敢坚强，缝针也不哭的表扬声里。

正值人间四月天，一家人乘火车到柳絮飘飘的北京，前往雄伟壮观的天安门广场参观，去举办过北京奥运会的鸟巢和水立方游览，在圆明园的断壁残垣前留影，在有野鸭戏水的福海划船。

在留学基金委开了报到证明和预领了1400美元的生活费后，经过两天休整，2012年4月25日，我们登上了去美国的飞机。

第一次在飞机上见到了这么多老外，而且飞机上所有的语音和电视等，一律用英语。不像平素国内的公共交通工具，播完中文播英语。这架飞机只播英语，那些“空叔”、“空婶”，也都只说英语。这无异于使我这个英语听力不怎么好的人，成了半个聋子。

听不懂语言，不免心里没底，一惊一乍地闹了些笑话。

先是我旁边坐着个中国小伙子和他的美国朋友。那美国人是个五大三粗的白人，脖子和脸上都是红的，手臂上长满粗毛。他俩嬉笑打闹时，大个子老美抓住小伙子的耳朵，一掌剁下去，耳根立马红了一大片。小伙子痛得眼泪都快出来了，但还是忍住没吭声。

我心里有点发毛。心想因为职业的关系，我以前在国内接触的美国人，基本上都是些教授、法官或者律师之类的“高素质美国人”，现在碰到这种一般的“美国老百姓”，还是小心为妙。

我的位置靠窗，只好忍着尽量少上厕所，生怕麻烦那个美国“粗汉”起身，互相之间也客客气气的。

后来趁上厕所的机会，我走到夫人和儿子的身边，他俩都在埋头睡觉。我突然看到飞机下方白雪皑皑的群山，就忍不住兴奋地推儿子：“儿子，儿子，快看！喜马拉雅山！”

儿子睁开蒙眬的睡眼，看了看电视机上的直播飞行航线图，慢悠悠地说：“日—本—吧？！”

仔细一看才发现，真的是日本的富士山，圆圆的山顶上有不少白色的积雪。

真是云里雾里，不辨东西南北。

这样经过13个小时的飞行后，我们在旧金山转机，然后又花上5个小时，横贯美国大陆，从西部飞到东部。转机后，飞机上最后好像只剩我们一家中国人了。

这次我的位置在中间，最里靠窗是一个金发碧眼的姑娘，最外靠过道的是一个我从未见过的超“重量级”的胖女人，像座山一样“堵”在我旁边。

好在她俩都很友善，我和那金发姑娘还有简单的聊天，因为机上消费不收现金，她就很热情地帮我去问能否用中国国内的银联卡

（Visa）买东西。那胖女人在一旁，也很友好地对我们说“Yep”。乘务员一声爽快的“Of course”使我的心放松了不少。

只是心里惦记着可怜的夫人和儿子，给他们吃东西也不吃，好不容易我问乘务员要了杯矿泉水，他们也不喝。夫人本想喝点热开水，但老美是不喝热开水的，只有热咖啡，夫人又不习惯。这两人只好一路昏睡到波士顿。

第一次体验这么长时间的“时差穿越”，也好像在做梦。

经历了关山万里、漂洋过海的飞行，从下午到晚上，再到第二天中午旧金山转机，黄昏时分抵达波士顿机场，足足飞行了近20个小时。

但我就是不明白：为什么“头一天”在北京出发时，是4月25日，“第二天”到了波士顿，竟然还是4月25日？！

机场显示屏和自己的全球通手机显示的日期，却又都是如此。

好在一切都“有惊无险”，行程相当顺利。

当我们平安地站在波士顿罗干机场外的夜幕下，见到来接我们的曾麒燕和房东莫莉时，竟有种他乡遇故知的激动。

那一刻，什么“世界末日”，似乎都远离而去了。

第一章　初识波士顿

波士顿被称为“山巅之城”，一方面源于它以前的多山特征，另一方面也有一种文化上的象征意义。它还有很多其他昵称，每个昵称后面都有历史和文化的蕴意。它拥有比美国历史还长的哈佛大学，以及理工类大学中全球当之无愧“第一”的麻省理工学院。它的文化影响，并不限于如今被称作“波士顿市”的这个地方，而是从大波士顿地区，一直辐射到新英格兰（包括马萨诸塞州［通常简称“麻州”或“麻省”］、新罕布什尔州、康涅狄格州等在内的邻近六个州），直到整个美国。

波士顿：“山巅之城”

波士顿有不少昵称，如“美国的雅典”（the Athens of America）、“宇宙的中心”（the Hub of the Universe）、“自由的摇篮”（the Cradle of Liberty）等。其中最有趣的昵称，当属“山巅之城”（ the City

Upon a Hill）。

刚到波士顿的第二天，一大早起来散步，却在这宁静清新的美国小镇上，看到了原本以为只有在森林里才有的松鼠。心想这里没有山，怎会有松鼠？！

早春清晨的薄雾中，透着盎然的春意。不少庭院里有盛开的鲜花。几只调皮的松鼠在树叶和草丛中穿梭。还有不少海鸥，或在空中滑翔，或在草坪里觅食。我不禁想起海子的诗：面朝大海，春暖花开！

波士顿在历史上被称作“山巅之城”，后来为了填海而削山。现今的商业繁华区“后湾”（Back Bay），就是填海而成的。

波士顿大规模的削山填海和“造城”运动，主要发生在整个19世纪的一百年间。最后，城市规模扩大了两倍半，灯塔山（Beacon Hill）被削低了将近二十米。现在的麻州政府大楼，实质上只是建于最初灯塔山的半山。这一百年间，波士顿市区的人口，由原来的不足五万，发展到50万。如今，作为国际化大都市的波士顿，已是“身在山中不知山”了。

站在波士顿公园（Boston Common），仰望州政府大楼那个闪闪发光的金色圆顶时，已经很难把它跟历史上的“灯塔山”联系在一起了。只有到了冬天，所有的树叶掉光后，才能感觉到州政府确实是处在一个山坡上。它的周围，到处都是房子，一派都市景象，已经感觉不到历史上“山”的痕迹了。但州政府前面的路牌上仍然写着“灯塔街”（Beacon St.）。

去波士顿公园游玩的时间多了，才发现州政府旁边和后面的街

站在“勿踩草坪”牌子上的小松鼠

路边草地上的野鹅

道，确实很陡。有一次我们去找非裔美国人历史博物馆，爬上这个街区，又翻下那个街区，一个个都累得气喘吁吁，才感觉到确实是在“爬山”。

我住房的周围，不少居民的房子就修在以前的山坡上。路牌名称也大多与山有关，如“高山街”（Alpine St.）、“高地大道”（Highland Ave.）、“山地大道”（Mountain Ave.）、“岩石街”（Rock St.）、“雪松街”（Cedar St.）、“常青藤路”（Ivy Road）、“橡树林”（Oak Grove）、“枫树街”（Maple St.），等等。树木葱茏和青绿草坪的斜坡上，掩映着红白相间的小楼。

“马萨诸塞”最初是指“在蓝色的山上”，当时在马萨诸塞海湾，可以看到波士顿南部的不少山峰。

除了历史上多山的特征外，波士顿作为“山巅之城”，还有另外一番人文精神的意蕴。

将近四百年以前，第一个从英国来定居的神职人员，来到这个当时被印第安原住民称作“绍穆特”（Shawmut），早期英语称作“三山”（Trimountain）的地方，修建了自己的小屋。这里后来被称作“灯塔山”，即现在波士顿公园的斜坡。除了保留一些土地自用之外，他把剩下的都卖给了后来的定居者。

几年后的1630年，从英国过来的清教徒们，七百多人，随着他们在前一年推选的“麻州湾公司总督”（Governor of the Massachusetts Bay Company），一个名叫约翰·温斯洛普（John Winthrop）的人，也来到了这个地方。他们就在灯塔山下建立了第一个殖民地。后来，一批又一批，成千上万的清教徒陆续来到这里。

“清教徒”是早期殖民者的敌人称呼他们的名字。这些被称之为“清教徒”的人，受到当时英国宗教和政治的迫害，被指控企图“纯化”或“澄清”英国国教，他们认为英国国教已经腐朽和无知到了极点。

温斯洛普其时已经41岁了，原本是不想来波士顿的。在那个人均寿命普遍较低的时代，他已算得上是个“老人”了。何况作为律师的他，有自己的庄园，又受人爱戴，小日子过得不错。但最终还是拗不过大家的盛意，他当之无愧地被推选为带队的首领。

这个温斯洛普，就是后来这个殖民地的第一任行政长官。

温斯洛普在从英国开往北美大陆的船上，也许是考虑到此去风急浪高的困难，就重申了清教徒的一种信念，即人与人之间的“合作共和”（commonwealth）。

他强调大家必须承受相互的苦难，不能只顾自己的事情，只顾自己的苦难，而“必须紧密相连，就像一个人”。他说：“因为我们必须认识到，我们将成为整个世界的山巅之城。所有人的眼睛都在看着我们。”

在温斯洛普他们到达后的几个月，刚成立的法院就发布法令，将这里改名为“波士顿”（Boston）。它原本是温斯洛普这批人在英国的故乡林肯郡的一个地名。美国的很多地名，都可以在殖民者的故乡英国找到影子。他们要么直接使用故乡的地名，要么在前面加上一个“新”字以示区别，如新英格兰、新罕布什尔等。

温斯洛普在波士顿这块天高皇帝远的殖民地上，建立了最初的民主。他废除了“大教主（Archbishop）—教主（Bishop）—神职人员（Parish Clergy）”这样的一种层级模式，而代之以“教区居民”（Parishioner）或曰“会众”（Congregation）制。

从此，每个清教徒都可以直接和上帝进行“心灵的对话”。遇到重大决策，他们就聚集在一起，依靠集体的智慧来作出决定。这种理念和制度，影响了美国至今的民主原则和政府架构，比如废除世袭制、建立两院制，等等。

直到去世之前，温斯洛普在波士顿的19个年头里，有12年当选为总督，有3次当选为副总督，还有几次落选。可见，人们爱戴他，但不盲从他。

温斯洛普来波士顿途中那段关于“山巅之城”的船上训话，充满了最为励志的正能量，激励着一代一代的美国人追求卓越，超越自我，站在“山巅之城”，目光不断地越过“海浪波涛”，寻找“新的陆地”。

当在波士顿出生长大的约翰·肯尼迪（John F. Kennedy），后来就任美国总统时，就重温了温斯洛普的那句名言：“我们必须时刻想到，我们要成为一座山巅之城——所有人的眼睛都在看着我们。”（We must always consider that we shall be as a city upon a hill—the eyes of all people are upon us.）

肯尼迪没有食言，他在任职总统期间，签署实施了登月计划，有力推动了《民权法案》，尤其是前者，让美国人眼看航空技术落后于苏联而心陷沮丧时，重拾了信心。

波士顿作为新英格兰的中心，在最初独立的十三个殖民地中，无疑是“蛇头”。如果说现在的华盛顿是美国的政治中心，纽约是美国的经济中心，波士顿则无疑是美国的学术中心和历史、文化、教育中心。

波士顿的其他昵称，也都从不同的侧面反映了它的人文地理特色，而且含义相当丰富。

1. Hub。本地的很多报纸和书籍，一般都直接以“Hub”来指称波士顿。这有两种说法：

一种说法是因为它的交通就像一个车轮的轮毂，向四周发散。波士顿老城区的道路，不像其他城市呈四方形的“豆腐格”，而是有很多的单行道。开车一不小心错了路，就很难拐到别的路上去。步行则相对较好，毕竟波士顿城区不大，而且有很多适合步行的道路设施，所以经常被媒体同时评为全美“最适合步行的城市”之一与全美“堵城”之一。

另一种说法是因为麻州州政府那个闪闪发光的金半圆屋顶，曾被诗人誉为“太阳系的中心”（the Hub of the Solar System）。艳阳高照的时候，最能体会这种形容是多么的恰到好处。

2. 自由的摇篮、美国的雅典、美国革命的发源地等。这些昵称，与波士顿的早期革命活动、民主文化和发达的教育有关，也可以从哈佛大学、麻省理工学院在全世界的影响，以及波士顿市内那条地上标有红线的“自由之路”（Freedom Trail）名胜古迹中，得到进一步的验证和体会。

3. 豆豆城（Beantown）。本地产的豆子很出名，波士顿市内很多旅游景点都有炒好的五颜六色的豆子卖，所以得名。

4. 美国步行之都（America's Walking City）。因为公共交通非常方便，波士顿是全美少数几个适合步行观光的城市，所以得名。

5. 清教徒之都（the Puritan City）。因为最初来到波士顿的欧洲殖民者都是清教徒，所以得名。

6. 大学城（City of Universities）。因为这里拥有全世界首屈一指的哈佛大学、麻省理工学院等众多大学，所以得名。

每个昵称都反映了波士顿的一个侧面和形象。一千个人眼里，有一千个不同的波士顿。也许要把所有这些昵称和印象加在一起，才算一个完整的波士顿。

哈佛：孕育和培养美国的大学

要想熟悉一个城市，先要熟悉它的公交，尤其是地铁。

波士顿的地铁，不是用数字标注的几号线路，而是分成橙、红、绿、蓝、灰五种颜色，来代表五条不同的线路。每条线路上的机车车身、站台建筑和地上的标示等，都被漆成本线路的颜色，使人一目了然。

红线地铁上的哈佛站（Harvard），就是哈佛大学。

哈佛地铁站的出口有三个：一个是哈佛广场（Square）；一个是教堂（Church）；另一个是哈佛园（Yard）。

从教堂出站口出来，抬头可见一座老教堂，教堂的墙上写着“剑桥第一教区”（First Parish in Cambridge）。人行道上三三两两的人不断走过，倒不像中国校园内清一色的“学生模样”，有不少游客和路人，有时还可以看到一两个中国人。车道上车来车往，但都安静有序，一点也没有喧嚣嘈杂的感觉。

前面不远处，还有一个很复杂的十字路口和红绿灯。

教堂的旁边是墓地，年代相当久远。说是墓地，其实就是一块大草坪，上面竖着一些薄薄的石碑，也有几座四方台柜或者尖顶式的墓碑。墓地围栏的下方，有块铜制的铭牌，上面刻有文字说明。

墓地正对面，横过马路，是两座类似学校大门的建筑，上面有雕饰，是哈佛园以前的老门，权且把它当作哈佛的“校门”吧。哈佛是个没有围墙的大学，并无我们在国内常见的学校“大门”，整个这一片市镇都是哈佛大学的校园。哈佛园只是其中的一部分。

墓地往前，走过交叉路口，是一大片空地。阳光从婆娑的树叶中照射过来，在草地上洒下斑驳的影子。后来才知道，这就是剑桥公园（Cambridge Common）。最初在1630年代，它也与波士顿公园一样，是个放养奶牛的地方。邦克山战役后，华盛顿带领的“大陆军”（Continental Army）就驻扎在这里。他们就是从这里走向美国独立战争的“八年抗战”的。

空地中间有几座雕塑，其中有座人像群雕是表现“饥饿”的。还有一座很高的纪念碑，好像是纪念阵亡将士的，上面有林肯的站立像，林肯像的上方还有一个站立的人像。

纪念碑四周刻有很多英文的说明文字。但因那些文字的颜色，与碑墙的颜色都是大理石的白色，不仔细借着光线去认，很难看清。马路上的阳光越强烈，整个纪念碑就越显阴暗，字迹越不好认。

继续往前走，又可看到一个学者模样的站像雕塑。斜对面又是教堂，旁边还有一些矮的白色房屋和一些大楼。

那些白色的矮房子，据说就是当年奥巴马读书时，编辑《哈佛法律评论》的小屋。而那些大楼呢，就是哈佛法学院了。

再回头看墓地对面的“校门”，其实是两个类似拱门的通道。每个拱门的铁栅门，平时都只开半边，供人出入。拱门的上方，刻有哈佛的校徽，就像摊放着的三本书：上半部的两本书上分别刻着“VE”和“RI”；下半部的那本书上，刻着“TAS”。因为不是彩色，要仔细打量，才能看得清楚。“VERITAS”在拉丁语中，是“真知”的意思。大门两边的墙上，刻有文字介绍和古罗马风格的人物浮雕。

没想到一进哈佛，首先看到的不是“某某大学”的牌匾，倒是一些教堂、墓地、雕塑和“烈士纪念碑”之类的东西，两道砖墙的拱门也很古旧，没有一点世界一流大学的“范儿”。这里也没有国内大学上下课人流高峰时，那种人头攒动和拥挤不堪的景象，总之不像我们想象中的大学或“单位”，倒像一个清新的小市镇，远离喧嚣，又不显偏僻荒凉。偶尔传来教堂悠扬清脆的钟声——“当——当——当——”，更平添几分宁静。

看到哈佛园里参天的大树和大片的草坪，不由得想起林语堂在回忆自己当年哈佛求学经历时讲过的一段话，大意是：大学就要像

哈佛校徽

个丛林，不仅要给猴子们提供任意攀爬的机会，而且要凭它们自己的本性，去选择要吃的果子。

哈佛的砖房以红色居多，体现的是哈佛的主打颜色——深红（crimson）。波士顿是个注重颜色标志的地方，不光地铁，哈佛大学也是如此。

进到哈佛园里没走几步，就可看到前面一栋灰白宿舍的窗边，近一人高的台柱上，有个英俊的年轻人坐姿铜像，那就是“哈佛先生”。经常有游客在这里拍照留念，还有哈佛学生的免费讲解。

走近一看，暗红色的基座上方，哈佛先生坐在椅子上，膝上摊着一本打开的书，右手轻按着书，左手靠在扶手上，好像是在思考，又好像是看书累了放松一下眼睛，很随意地看着前方。

哈佛先生两只鞋的鞋尖，早已被游客们摸得发光，尤以左边的那只为甚。也许是这个高度正好适合拍照留影的人把手放在上面摆pose（姿势），也许是摸了他的左脚会给人带来好运。

哈佛铜像下的基座正面，刻有三行字。下面两行需要斜着身子，仔细借着光线，才能看得清楚。最上面一行字最大，是“JOHN HARVARD”；中间一行大概要小一半，是“FOUNDER”；最下面的一行字倒不小，但较分散，不易看清，是“1638”。

据说这三行字都不准确，都在“撒谎”，因此得名“三谎雕塑”。

首先，这尊塑像并非“John Harvard”（哈佛）本人。哈佛本人是一个年轻的牧师，31岁就因肺病而死，死时没有留下任何书面遗嘱和照片资料。他死后大约二百五十年，即1886年，哈佛大学为了“四分之一千禧年之庆”（quarter millennial celebration），想给他塑像，但又苦于不知他到底长什么模样，于是就请了一个正在哈佛大学读书的大四帅哥作模特。这尊塑像其实是那个学生的，而非哈佛本人的。那个学生名叫Sherman Hoar。

其次，哈佛并非哈佛大学的“Founder”（创始人）。哈佛大学建校的那一年，哈佛本人还在英国，跟它一点关系都没有。严格说，哈佛大学并无一个所谓的个人“创始人”。因为它的修建，是由当时的“马萨诸塞湾殖民地”（Massachusetts Bay Colony）议会和法院通过和决定的。

最后，哈佛大学并非建校于1638年。哈佛大学官方承认的建校时间，一直是1636年。哈佛校庆也一直以此为准。因为正是那一年，官方决定建校并为之拨款。“1638”只不过是哈佛大学第一次招

哈佛“三谎雕塑”

2012 年，哈佛大学举行建校 375 周年纪念活动，印证了哈佛建校于 1636 年

哈佛卫德诺图书馆

哈佛园秋景

生的年份，也是哈佛先生去世并捐赠的年份。

据说如果在哈佛没做过三件事，就不算真正的哈佛人，这三件事是裸奔、从查尔斯河的桥上跳下去、在哈佛铜像旁“撒野”。哈佛的学生有时会用“裸奔”的方式，来发泄、解除学习和考试的压力。学生毕业时，有人会从桥上跳入查尔斯河（Charles River）的河心，以此来见证走入社会的开始；也有人在哈佛铜像旁，偷偷地撒泡尿，以作纪念。

哈佛园分为“旧园”（Old Yard）和“新园”（New Yard）两部分：从拱门进来，到哈佛铜像这边是旧园；从哈佛铜像靠右，再往里走，就是新园。

迎面就是林语堂当年“常以为家”的那个“卫德诺”（Widener）图书馆。对于当年的穷小子林语堂而言，卫德诺就是哈佛，哈佛就是卫德诺。

图书馆的对面是一个有大圆柱子的教堂，春夏季节往往因为树叶茂密，必须走到跟前，才能仰望它的高耸，远处根本看不到它的全貌。

图书馆的左侧，浓密的树叶间，可以看到一栋楼上刻着“PHILOSOPHY”，可能是哈佛大学的哲学系吧。

图书馆的右侧，是可以通往外面街道的小路和旧门。

这里有一块巨大的乌龟驮碑，很有点中国元素。碑上的字迹因与碑体颜色一样，虽然清晰但并不好认，借着斜光，才知道它是很久以前哈佛的中国留学生在校庆时送给学校作纪念的。

说到哈佛与中国的关系，不光有这块乌龟驮碑，有林语堂等，还有燕京学社、东亚法研究中心等。哈佛书店里，也有中国作家的书在卖，不过都是英文的，比如余华的《第七天》和冯骥才的《一百个人的十年》等。

哈佛广场的燕京小酒馆门上，还用中文写着“燕赵豪情一杯酒”。用中文写着“常熟”的自助餐厅，也是我们常去的地方。

哈佛大学里以人的名字来命名的道路和建筑很多，如温斯洛普街、肯尼迪街、艾略特街、奥斯丁大楼、兰戴尔大楼等，就是分别以第一个殖民地总督、肯尼迪总统、哈佛前校长、前法学院院长等人的名字来命名的。校园还有专门纪念温斯洛普和肯尼迪总统的小公园。

肯尼迪纪念园位于查尔斯河边一片巨大的草地中，周边古木参天，经常有成群的野鹅在这里吃草、游玩，也经常有人坐在草地边的长椅上看书或休息。

徜徉在公园或者森林般的哈佛校园，冷不丁一想，哈佛大学的历史竟然比美国建国还要早近一百五十年！一个大学比自己国家的历史还要悠久，恐怕也只有哈佛了。

可以说，没有波士顿，就没有哈佛；没有哈佛，就没有美国。

哈佛大学是当初的清教徒们，一些受过良好教育的寻梦者，为了摒弃当时英国宗教的腐朽和无知，想要培养属于他们自己的神职人员，从而模仿他们的母校——英国剑桥大学而建的。当时把准备建校的这一大片地方，命名为“剑桥”（Cambridge）。

至今哈佛校内的路牌上，仍然标着剑桥街、牛津街等英国的地名。

美国的许多理念和制度，包括早期的革命活动，以及当今的很多文化潮流，都是经由波士顿、哈佛，到新英格兰，进而扩散到全美国的。

从文化和教育上说，是哈佛孕育和哺育了美国，并且将继续哺育美国。

法国青年托克维尔在其名著《论美国的民主》中，感叹当初落户新英格兰的清教徒们的思想和文明时，不无激情地写道：

“新英格兰的文明，像高地燃起的大火，除烤暖了周围地区之外，还用它的光辉照亮了遥远的天边。”

麻省理工：钱学森的母校

大波士顿地区拥有一百多所大学，超过二十五万名大学生在此接受教育，很多中外闻名的历史人物都曾在这里接受过教育。林语堂在哈佛大学读过书，宋美龄、冰心、希拉里·克林顿都曾是威尔斯利女子学院（亦译“卫斯理女子学院”）的学生，钱学森当年则在麻省理工学院读过硕士，很年轻时就被校方聘为正教授。

其中，哈佛大学和麻省理工毗邻，都坐落在风景秀丽的查尔斯河畔，位于波士顿红线地铁上相邻的两个地铁站。哈佛、麻省理工和威尔斯利，这三所大学有着很多的学术关联，而且还有异常搞笑的奇闻趣事。威尔斯利的女生可以修麻省理工的学分，哈佛、麻省理工的男生也可以去威尔斯利做实验。有趣的是，威尔斯利的女生还曾在哈佛先生的铜像上套上带有“W”标志的威尔斯利校服。这三所大学之间公共交通非常方便，为这些才子佳人提供了类似“哈佛的男生约威尔斯利的女生一起去麻省理工开派对”的便利。

出红线地铁的“Kendall/Mit”站，走不到一两百米，就是麻省理工的校园。

作为理工科大学的世界第一，麻省理工的建筑风格和校园氛围与哈佛完全不同：这里没有教堂，没有死难纪念碑，也没有人物雕像。大楼以现代风格的方形和银灰色为主，很多都有落地式的蓝色大玻璃，与哈佛校内的红砖楼、小窗户形成了鲜明对比。雕塑也多以几何形状为主，体现的是机械、物理、太空等“理工”元素和“科技”含量，不像哈佛那样突出“人文”。

走进校园，首先映入眼帘的，是绿草如茵的广场中央，一座红色角铁制成的“抽象派”雕塑：一根长长的横杆两头，挑着两个正反三角形和一些奇形怪状的角铁组合。这个红色“一肩挑”的雕塑前有栋建筑，方不方、圆不圆的，还有很多三角尖顶和屋檐，是典型的“混搭”风格。据说它在全美算得上排名“前十”的著名建筑。

沿着这栋混搭建筑旁的台阶走上去，有个两间房大小的平台。平台旁边有部电梯，电梯的对面是一个透明玻璃的实验室，里面经常有正在被组装的机器人。

从平台继续往前走，顺着宽阔的过道下到地面，墙上写着“某某中心”的名字。前面路边的草坪旁，有一堆石头，上面冒着泉水。涌泉石头的左边有座桥，桥边有块说明板。桥下无水，但土壤湿漉漉的，生长着很多花花草草。

记得第一次我们一家人来这里游玩时，惊起桥下一只可爱的兔子，我赶紧喊："儿子，兔子！"儿子赶忙跑过来看。那小家伙一身鲜亮的棕色体毛，比一个小玩具熊大不了多少，竖着两只小耳朵，显然受了点惊吓。它站立了一会儿，连忙几跳几跃，就钻进花草丛中不见了。

原来这里是一个露天的"雨水实验室"。说是实验室，其实就是石头围成的一个狭长土坑。土坑大约长五十米。坑的中间故意堆放了一些碎石与泥沙。土坑的边沿，都用箍着铁丝的大石头砌成。离桥很近的这头是涌泉，离桥较远的那一头有几棵树，以及不少的巨大石头。从说明板的示意图看，大概是雨水从这条沟渠渗透到土壤中，经过地下几层泥沙的沉淀、过滤后，便从那眼泉里再冒出来。

从雨水实验室往外走，我们看到并排摆放的两个太阳能垃圾桶，每个上面都有太阳能压缩处理垃圾的原理说明。儿子不由感叹道："麻省理工真牛啊，连垃圾桶都是高科技的！"这时，草坪边的小树上，一只鸟儿飞掠而过。儿子眼尖，发现一棵一人多高的小树枝丫上，浓密的树叶间居然掩映着一个鸟窝。鸟窝触手可及，三只小鸟的嫩黄嘴巴大张着露在外面。我们都小心翼翼地不敢高声，屏住呼吸好奇地看着这光秃无毛的三个小家伙，生怕惊吓了它们。

之后我们继续往里走，到了另外一个院落，看见一座黑色弯板组合而成的雕塑——整个形状有点像巨大的酒樽。走到下面一看，板上有一些突出的圆点，好像是象征太空之类的东西。之后的路上，我们还看到一座同样形状但比这个黑色弯板组合要小一半多的雕塑。在我们眼里，还有一些雕塑，根本就看不出是什么，奇形怪状的，要么像是钢铁炉里熔化得不成形的铁坨坨，要么像歪七扭八的钢带子。其中有座雕塑，立在墙边，有马的头、鸟的翅膀、蛇的身体，整个儿一个“四不像”。

移步换景，不知不觉就到了查尔斯河边。河岸和学校只隔着一条马路，路牌上写着“Memorial Dr.”。天气晴好的时候，河中白帆点点，经常有不少人在划桨游玩。沿着马路靠校园一侧溜达，身边是一片片绿色草坪和教学楼，只见一座大楼上以较大的英文字体，刻着亚里士多德的名字，上方还用稍小字体，刻着开普勒、牛顿、伽利略等世人耳熟能详的科学家的名字。随后所见的一栋楼上，也以与“亚里士多德”同样大小的英文字体，刻着达尔文的名字。达尔文名字的上方，同样以相对小一些的字体刻着一众科学巨人的名字。这就是以前的亚里士多德楼和达尔文楼。

这两栋楼中间是一个巨大的庭院。庭院往里，越过草坪和个把人高的四季青“过道”，走上大概一百米，是一个圆屋顶的主建筑，即被视为麻省理工学院标志性建筑的大穹顶。绿树丛中隐约可见圆屋顶的下面，刻着大写的校名——“MASSACHUSETTS INSTITUTION OF TECHNOLOGY”。这里被当作麻省理工的正门。没想到在哈佛大学和东北大学都没找到一个像样的校门，却在这里“得来全不费工夫”。

站在这个庭院，放眼波光粼粼的查尔斯河，越过绿树青草，隐约可见对面波士顿市区的都市风光，尤其是那座高大的长方体蓝色玻璃大厦和周围的高楼。那座蓝色玻璃大厦是波士顿市中心最打眼的建筑，叫汉考克大厦（John Hancock Tower），是为纪念波士顿的美国独立运动先驱——约翰·汉考克（John Hancock）而命名的。约翰·汉考克是签署《独立宣言》时的大陆会议主席，是《独立宣言》的第一个签署者，后曾多次担任麻州州长。

有段时间我经常来这里的达尔文楼，与一群中国学生和学者举行周末聚会，于是对麻省理工越发理解和亲近起来。

以前麻省理工的教学楼，都是以达尔文楼、亚里士多德楼等科学家的名字来命名的，“二战”以后，就以1号楼、2号楼等数字序号来标示了。我们经常去的达尔文楼就是1号楼。

与哈佛相比，麻省理工的学生更为搞怪，校园里到处都是奇思怪想的脑瓜子。并且，这些学生的恶作剧具有很多的“技术含量”。“黑客”（hacker）这个词，在大量运用到计算机领域之前，早在1950年代就在麻省理工被用于喻指那些恶作剧者了。刚才提及的那个大穹顶，就不可避免地成了黑客艺术的“作案现场”。据说学生们曾在1962年万圣节时，将这个大穹顶装饰成了一个大南瓜；在2月大雪天的时候，竟然有人在上面堆起过雪人；还有学生曾将充气的大塑料奶头装在屋顶上，把它装扮成“知识大乳房”（Giant Breast of Knowledge）。同样是在万圣节，有一次有人不知怎么弄的，居然把牛排店前一头真牛般大小的塑料奶牛弄到了这个圆屋顶上，校方最后只好动用吊车才将其移走。真是很奇怪，这些家伙是怎么把一些

麻省理工的弯板组合雕塑

麻省理工学院博物馆摔钢琴实验照片和钢琴残骸

奇奇怪怪的巨大东西弄上这么高且危险的圆屋顶的。

此外，麻省理工的博物馆里还有一组展览，展示一群师生当初把一架钢琴抬到几层楼的高处，然后摔下来的照片，以及那架被摔烂的钢琴残骸。旁边还特意附有这次“摔撞实验”的文字说明。麻省理工学子的恶作剧和奇思怪想，不禁让人想起国内的大学教育，想起著名的“钱学森之问”：为什么我们的学校总是培养不出杰出人才？

反观我们国内现在的教育，小升初拼的是奥数分和学区房，中考拼的是全优（A）和优加（A+），高考拼的是总分，大学拼的是保研和“公务员考试”。而这一切，先是分数，然后是资源和关系，与科学上的奇思怪想或创新没有半毛钱的关系。相反，人际关系或者权力腐败上的绞尽脑汁、花样迭出，对培养科学人才百害无益。功利和分数至上的校园，只剩灌输的“一言堂”，没有插嘴的学生，也没有对学问充满激情的老师，当然也就没有创新的兴趣、动力和氛围。

当大学只剩下功利和循规蹈矩的时候，缺少创新，“冒”不出杰出人才，也就顺理成章了。我们不能一边喊着创新，一边嘲讽那些只凭兴趣做学问，或者不为考试去学习的“死脑筋”。尽管在现实中，名利上的“好处”总是与他们无缘。

第二章　波士顿“自由行”

麻州有个昵称叫“美国精神”（the Spirit of America）。作为麻州的州政府所在地，波士顿是一个历史名城，美国自由精神在这里崛起。这种精神推动了美国的独立建国，及其多元文化的形成和发展，体现在美国人对族裔、宗教和女权等各个方面的态度中。今天来到波士顿，不妨沿着一条名叫“自由之路”（Freedom Trail）的红色线路步行游览，以抚今思昔，加深对美国历史的了解。甚至有人认为，不走一走“自由之路”，等于没到过波士顿。

美国精神与“自由之路”

与波士顿拥有众多昵称一样，美国的50个州也都有各自反映自然和人文特色的一些昵称。麻州的昵称，除了因地处海湾和殖民者最先到达而得名“湾州”（Bay State）、“老殖民地”（Old Colony）、

“移民州”（Colony State）等之外，“美国精神”算是叫得最响、最有韵味的了。波士顿的车牌上大多印有这个昵称。

那么，美国精神是什么呢？

答案或许可以从波士顿最先到达的清教徒殖民者——“温斯洛普们”身上找，可以从波士顿作为新英格兰地区教育文化中心的影响中去找，可以从波士顿作为美国独立战争发源地的历史中去找，可以从曾经旅居波士顿的霍桑、朗费罗、爱默生、梭罗等人的文学作品和哲学思想中去找，可以从波士顿的废奴运动、女权运动、美国的南北战争、肯尼迪总统的“美国梦”中去找。

但结果离不开两个字——自由。波士顿因此被称为“自由的诞生地”、“自由的摇篮”。波士顿的自由平等，或者说美国的自由平等，在现实生活中随处可见。最直接的反映就是，各色各样的个人之间，各类各级的政府之间，以及个人与政府之间，似乎都没有上下等级之分。

波士顿的教授和法官，除了正式场合和第一次见面外，熟悉之

麻州车牌上的“美国精神”

后，都乐意你直呼他的名字甚至小名，而不是一本正经地用某某教授、某某法官等头衔去称呼。我起初不习惯这种打招呼的方式，觉得有点“没大没小”，习惯后才发现，这丝毫不会影响对对方的尊敬和感情。比如萨福克大学的前法学院院长史密斯教授（Professor Robert H. Smith），我们就直接叫他“Bob”（鲍勃）。Bob 的谐音是“bulb”（灯泡），用他自己的话说，就是要做照亮学生的“灯泡”。他这样说时，还风趣幽默地用纸画上灯泡发光的样子。麻州法官协会的主席安德森（Peter Anderson）先生，70 岁的人了，大家照样喊他“安德森”或“彼特”。他的夫人，我们叫她“安”（Ann），也没觉得有什么不妥。

波士顿的联邦政府与各州、各市的机构之间，或者各级官员之间，似乎也是“没大没小”的，感觉不出上下等级和官场上的人身依附关系。这里不像以前在国内猜想的那样，由总统管州长，州长管市长，市长管镇长，而是谁也管不了谁，一切由选票说了算。美国总统奥巴马管不了麻州州长派屈克的去留，派屈克州长管不了波士顿市市长门里罗的去留，门里罗市长也管不了谁能当议员，或者谁不能当议员。大到国家总统，小到社区主任，行政首脑都由民众投票选举产生，然后再由行政首脑按照法定程序进行“组阁”。

美国宪法规定，如果需要，民众甚至可以投票决定自己所在的州是否应当脱离美国而独立。同样，民众不仅可以投票选举市、县、镇或者社区的行政首脑，而且可以投票决定是否成立或者撤销这些机构或组织。2012 年美国总统大选后，得克萨斯州的几十万民众就曾因不满奥巴马连任而签字要求该州脱离美国。美国作为“美利坚合众国”，其各州本来就是“自治”的。在这种松散型的联邦结构中，所谓的“闹独立”，倒像是“闹着玩”。这与我们这样一个有着五千年历史文化传统、统一的多民族国家是非常不同的。

美国法院的设置，分联邦和州两个互相独立、互不隶属的平行体系，与行政区划并无直接的关系，也不存在所谓行政上的“上下级”关系，只是初审法院、上诉法院和终审法院的功能和名称上有所不同而已。美国联邦法院和各州法院系统都有自己的“终审法院”，即“联邦最高法院”和“州最高（高等）法院”。

尤其有趣的是，一般美国人，尤其是小孩，没有经过允许，是绝对不允许你私自拍照和动不动就合影的。但美国的政客，也就是政府官员，只要你愿意，不管是州长、市长，还是议员，他们都乐意与你合影，而且还很配合地摆出各种亲热、友好的姿势，以体现他们是如何地亲民。

还有就是，每次经过墓地，尤其是那些被列为历史文物保护范畴的墓地，仔细查看一些墓碑上的碑文后，你会发现那里不仅葬有政府首脑、社会精英，也葬有一般平民，甚至葬有当时的黑人奴隶等。人活着是平等的，死了以后，也是平等的。但在我的印象中，老家农村的祖坟里，从来没见过儿童的坟茔。包公家训，甚至有“不肖子孙不得入葬祖坟”的规定。或许中国传统文化中，从来就没把夭折的孩童或者不肖的子孙，当作平等的“人”来对待过。

我们通常所说的自由、平等和民主，三者之间的关系是个有趣的问题，远非三言两语能够说得清楚。无论如何，自由是第一和优先的；平等和民主，则是自由的精神体现，或者是其赖以存在的社会基础和制度保障。

当年游历波士顿的法国青年托克维尔，显然是把这种身份平等与民主混同使用的。他在其名著《论美国的民主》中开篇即说，他在美国见到最引他注意的，莫过于身份平等，而且随着对美国社会研究的逐步深入，他愈发认为身份平等是一件根本大事，并将其作为他在美国期间考察的“焦点”。这样的考察，最终引发了他的写作冲动，铸就了这本至今影响深远的经典历史名著。《论美国的民主》被誉为世界学术界对美国社会、政治制度和民情进行社会学研究的第一部专著，也是改革开放三十余年来在中国大地上最具影响力的图书之一。

波士顿公园附近，历史上有棵“自由树”（The Liberty Tree），现在路边墙上只有一块大铜牌，标示着它当初的位置。据说在 1765 年 8 月 14 日，当地殖民者在这棵树上吊着当时被视为“敌人”的收税者的画像，以示抗议。尽管这棵树在 10 年后被当时的英国士兵砍掉了，但它已经成了一个名叫“自由之子”（The Sons of Liberty）的组织聚会商议、反对英国统治的一个重要场所和标志。“自由之子”的主要成员，有后来任大陆会议主席并第一个签署《独立宣言》的约翰·汉考克，有美国总统约翰·亚当斯（John Adams）的堂兄——塞缪尔·亚当斯（Samuel Adams）等。

为了纪念波士顿这些早期争取自由的战争和活动，从 1950 年代起，根据一个新闻记者的提议，政府将一条市内旅游线路命名为“自由之路”。“自由之路”以波士顿公园为起点，沿麻州州政府往东，到波士顿海港附近后再往北，至邦克山纪念碑结束，长约三英里（约五公里）。

自由之路的人行道上铺着红砖，两边建筑物的墙壁也是红色的，是一条典型的“红色旅游”线路。这条蜿蜒在现代化大都市里的红色小路，沿途共有 16 个重要的历史文化景点。2000 年左右经过整修后，这条路又被称为“千禧年之路”（Millennium Trail），现在已经成为波士顿和整个新英格兰地区，甚至美国的品牌旅游线路，每年吸引游客超过三百万人。

须知，小波士顿（Boston City）市区常住人口才 60 万，每个工作日在这里上班、上学和旅游的人则多达 120 万。大波士顿（Greater Boston）地区，包含波士顿都会区，周围所有的市镇，人数总共也才 400 万。这条小路循着当年美国国父们的足迹，默默地讲述着从 1761 年到 1775 年，这 15 年间波士顿所发生的一系列历史典故。这些历史遗迹，见证着波士顿对“美国品格”的锻造，第一次定义了美国理想，也是这种理想践行于实际的真实体现。美国理想，就是自由的理想，即所有美国人的自由，包括言论自由、宗教自由、管理自由和自我决定的自由（freedom of speech, religion, government and self-determination for all American）。

行走自由之路，沿途可以体验 18 世纪中晚期在波士顿所进行的一系列为争取自由、独立而进行的活动，以及当时的风土人情。如果你有足够的激情和好奇心，不妨去品味那些当年的革命者——本地人一般称为“爱国者”（Patriot）——曾经光顾过的老酒吧，喝上两杯，享受一下波士顿美味的牡蛎、鳕鱼和龙虾。你可以模拟参与当年的波士顿倾茶事件，去体验“开会密谋”和把整箱“茶叶”倒进海里的那种刺激，过一把“政治示威”的瘾。你还可以重走狄更斯当年游览波士顿的路，回到当时的情景，欣赏根据他的小说《圣诞颂歌》（*A Christmas Carol*）所编排的表演——导游会穿着 19 世纪狄更斯式的古装，只是这段路上的主题具有季节性。狄更斯 1841 年曾从波士顿登陆，开始他的美国之游。他后来写了一本名叫《美国纪行》（*American Notes*，1842 年初版）的书，这本书又直接催生了他后来风靡整个英语世界的名著——《圣诞颂歌》，其中不乏美好向上的“主旋律”和正能量。据说他对美国很多地方都没有好感，比如纽约的混乱、费城的铜臭等，但对波士顿却“格外地”喜欢。在他看来，波士顿的空气格外清新，人格外温和，招牌格外亮，砖墙格外红，房舍格外美，哈佛大学格外开明……一切都是格外的恬淡和文雅。

自由之路的起点：波士顿公园

这条自由之路的起点，在波士顿公园的游客中心旁边。或许这也暗示着，那些发生在波士顿公园，为了争取自由的历史往事：

波士顿公园位于波士顿市中心，就在灯塔山山脚的斜坡上。现在如果不去仔细体会的话，已经很难想象这里很久以前是一座“山”，也看不出什么“山脚”了。一般理解的“波士顿公园”，是指波士顿市中心的一大片绿地，包括两部分：一部分是建于1634年的波士顿公园，只与现在的州政府大楼隔着一条灯塔街，处在低一点的斜坡上，内有“青蛙池塘”（Frog Pond）、遇难者纪念碑、游客中心，以及红线、绿线的地铁出口等；另一部分是隔着一条查尔斯街，建于1837年的公共花园（Public Garden），里面有湖和桥，湖里三三两两的野鸭和天鹅旁若无人地自由嬉戏着，经常有大人带着小孩在湖里划“天鹅船”。

说到鸭子，波士顿似乎与鸭子有缘，感觉到处都可以看到野鸭，有时还有鸭妈妈带着三五只毛茸茸的小宝宝在水边游玩。波士顿公园里的一条小道上还有一组模样十分可爱的鸭子铜制雕塑：一个鸭妈妈带着八只排成一溜儿的小鸭子，在路上蹒跚走着。春夏季节，公园里有热闹的“鸭子节”，卖各种各样的鸭舌帽、鸭嘴哨、鸭子衣服等，尤其深受小朋友的喜爱。波士顿还有一个名叫“鸭子船”的市内旅游项目，它既是带你在波士顿大街小巷穿行的“车”，又是带你在查尔斯河里游玩的“船”，是仿照“二战”时期诺曼底登陆时的水陆两用车船特别设计的。人们喜欢在游玩时，拿着买来的鸭嘴哨，吹着“嘎嘎嘎”的欢快鸭叫声。那些“鸭子船”上的司机，同时也身兼导游，边开车边讲解，还不时拿你“开涮”，或者自我调侃几句，逗得大家乐呵呵地。

波士顿公园是这个城市的“绿肺”和“红心”，自然环境优美，历史文化深厚。公园里有水，有树，有花，有草，还有很多的鸟、昆虫、松鼠、野鸭和天鹅，是个绿意盎然的自然家园，当然是名副其实的城市绿肺。但其实对于波士顿这个城市来说，波士顿公园这颗绿肺又不是唯一的，因为波士顿近山临海，还有查尔斯河穿城而过，放眼一望，到处都是绿色，到处都有水。类似这样规模的大型城市绿地，还有东北大学附近的芬威公园、麻省理工学院对面的河滨公园等，而且均被有意设计成一条环绕城市的“翡翠项链”。

波士顿公园一年四季景色各异，是体验全季节“完整波士顿”的绝好去处。春天里，这里有绽放的嫩绿和鲜花；夏日里，这里是一片浓郁的绿；秋天里，树叶呈现出秋天的绚烂，红的、黄的、大的、小的、粗的、细的，飘落在由绿变黄的草坪上，于是大树慢慢露出越显高大的树干和直指蓝天的枝丫，大小鸟巢历历在目；冬天里，这里萧索荒凉，一派白雪皑皑的景象，湖面结着厚厚的冰，碑塔挺立在光秃的树木和枯黄的草地之间。公园四周“终于露出尊容”的街道和高楼，在阳光的照射和湛蓝天空的映衬下，有着一种“刺眼”的澄澈，“刺”得你的眼睛，都不敢直盯着斜坡上州政府大楼的金色圆顶看。

这里不仅是人们休闲、集会的场所，也是动物的天堂。经常有小松鼠，拖着可爱的大尾巴，到处蹦蹦跳跳，一点也不怕人。有时你举起相机，它还会冲着镜头摆个pose，逗得游客心花怒放的。它们把捡来的果粒埋到湖边的草地上，据说是在准备冬天和开春时的食粮。待到青黄不接时，就可以把这些埋好的储备挖出来吃，小松鼠的备荒意识还真是很难得。到了冬天，树叶掉光后，树枝上的鸟巢就显露无遗了。每次大雪过后，发现公园里的鸟巢好像少了些，有的甚至也变小了些，心里就为这些小家伙担心。好在不用为那些野鸭发愁，因为在结冰的冬天，湖里总有那么一小块没结冰的地方。它们浮在小面积的水面上，周围都是冰天雪地的，它们冻得通红的脚丫，在水里看起来更加清晰和惹人怜爱了。也不知道那几只天鹅和小鸭躲到哪里去了。

从追求自由独立的历史文化而言，波士顿公园确实称得上是波士顿的“心脏”。它是美国年代最久的公园，是一个难得的历史纪念碑聚集地，内有波士顿最古老的墓地之一——中央墓地（Central Burying Ground）。殖民地时期这里曾驻扎过英军，后来更成为公众自由发表言论的场所：黑人运动领袖马丁·路德·金曾在这儿发表演讲；女权主义者在这儿为提高女性地位而大声呼吁。从某种意义上说，这里是美国历史和文化的源头。

公园建于1634年，最初只是一个放牧奶牛的山坡，也曾做过军事操练场，一度甚至沦为人们丢弃死猫死狗的垃圾场，后来被政府收购，才变成公民聚会和休闲的地方。随着历史的变迁，公园里的很多环境和景物，都已经过百年的“人化”和“文化”。现在公园里常见的树木，当属合抱粗的老榆树和湖边的垂柳。据说当年这里的土地上，其实生长的是橡树，但是被温斯洛普等一批先到的殖民者砍掉了，榆树是重新栽种的。这些老榆树曾经吊死过女巫、海盗、凶手和异教徒等。霍桑（Nathaniel Hawthorne，1804—1864）的小说《红字》（*The Scarlet Letter*）描写的一些场景就发生在这里，他的祖父还曾审判过女巫。在当时沉闷的波士顿土地上，那些曾经因不甘忍受英国宗教迫害而来的清教徒，不自觉地又把自己遭遇过的宗教迫害，强加在当时的“女巫”和“异教徒”身上。霍桑的《红字》或许是从内心深处进行着这种心灵的救赎和永远的“寻根”。当时的波士顿，在霍桑的笔下，就是“一片墨黑的土地，一个血红的A字”！

公园中心的青蛙池塘（Frog Pond）是个比较具有代表性的地方。但是这里可不是养青蛙的地方，只有一对青蛙雕像——“青蛙先生”在钓泥鳅，“青蛙太太”则在一旁托着腮帮子等候。严格意义上说，这里也不是一个真正的池塘，仅仅是一个供孩子们夏天玩喷泉、冬天滑冰的水泥浅池。据说很久以前，这里曾是绅士和无赖们进行决斗的地方。

2012年5月“阵亡将士纪念日”（Memory Day）那天，波士顿公园那座高大的海陆军人纪念碑西面的青草坡上，为纪念3万名死难的军人和平民烈士，整整插了3万面美国小国旗，在微风吹拂下，显得异常地庄严肃穆又不失温馨。因为2012年是总统大选年的缘故，草地的路边竖着块大黑板，还备有粉笔，让人们去写“如果我是总统……”（If I Were President...）的留言。很多小孩和成年人都踊跃参加，有写要进行医改的，有写要促进就业的，还有写要玩具的，五花八门的“涂鸦”，却不显得唐突和不文明。

作为一个人气很旺的公共场所，波士顿公园常常吸引着志愿者、卖艺者、流浪者等。记得夏日里的一天，青蛙池塘旁的林荫道上，站着一个戴鸭舌帽、穿花格衬衣和毛线背心的大姑娘，她肩上盘着一条大蟒蛇，免费让大家去摸。看旁边的说明板，才知道她是哈佛大学生物学专业的学生，独自一人在这里，用这样的方式宣传环保理念和爱护野生动物。不少美国孩子争相上去，要那个姐姐把蛇绕到身上拍照。那个姑娘总是面带笑容，不急不忙地帮孩子们摆弄。为了鼓励儿子也去尝试一下，我自己壮起胆子也去摸了一下，指尖冰冷，感觉像触电了一样，把那个姑娘逗得微微一笑。尽管知道这是宠物蛇，心里还是禁不住犯怵，不过我还是鼓励儿子说：“你是属蛇的，与它是‘同类’，不要怕。”

公园两部分的交接处，或在那座桥旁，经常有人在“卖艺”，带点自娱自乐和“练摊”的味道，并不纯粹是为了“讨钱”。那些艺人，既不像国内拉二胡的盲人，或者放音乐乞讨的残疾人，也不像国内唱《春天里》走红的农民工，他们都衣着整洁，颇有点“文艺青年”的范儿。有时一个人，有时几个人。其中有个人，经常背着一身的乐器组合，手弹、脚踩、口唱一起来，俨然一个“小乐团”，让人眼花缭乱。

还有一些游荡要钱的懒汉，常出现在公园地铁站的出口，或者那座从万国博览会买回来展出的罗马群雕前。他们三三两两地坐在那里晒太阳，偶尔也在几步远的公园街教堂前，或者旁边的那个大谷仓墓地前，伸出双手，跟路人说“我饿了”，要两个零钱买吃的。我还见过有流浪汉进到大谷仓墓地，去捡墓碑上游客留下的硬币——里维尔的那块墓碑和富兰克林父母的碑台上，通常硬币比较多。

这些懒汉，并非是过不下去的穷人，也不是国内个别靠乞讨“发

自由之路的徽标和起点

波士顿公园 3 万小旗祭英魂

公园里任人涂鸦的黑板，上面写着“假如我是总统……”

哈佛学生带着蟒蛇出来宣传环保理念

家致富”的假叫花子。他们有时还带着宠物狗。一到冬天，政府或者慈善机构就在想办法，如何让这些流浪者别冻着，让他们到有空调的车站等室内取暖，还给他们发送棉衣、棉被。

找几个硬币给这些懒汉，与给那些卖唱的人钱，在我而言心态是完全不同的：前者纯粹是施舍，后者则是一种鼓励和乐趣。有次在哈佛广场的街上，我正急匆匆地赶去上课。一个流浪汉跟了我好几步，我从口袋里摸出几个分币，觉得太少，就又拿出钱包翻看是否还有其他零钱，不觉间手里夹了张 20 美元的纸币。那流浪汉一见就想要，一边伸着手追着我，一边说：“你可以把那个给我！”搞得我一阵小跑，大声地说：“我自己也需要！”那个懒汉在后面一边笑一边挥手跟我说：“Thank you, thank you!”

有次见到一个流浪汉问一个路过的老年妇女要钱，那个妇女竟然停下来，毫无防备地把手提包放在路边的水泥台上，一个劲地翻找零钱。我心想，要是那个流浪汉心生歹意，把她的包抢走了怎么办？

回国之前的 2013 年 3 月 17 日，是波士顿爱尔兰人的“圣帕特里克节”（St. Patrick）。报纸上说一个八十多岁的修女正在买教堂就餐券的时候，被一个男子抢走了手里的 6 美元，旁边的人当场报了警。那个修女却没事一样地参加完教堂活动，面对媒体时，她拒绝说更多的细节，只说：“他比我可能更需要它（钱）。”

太阳系的中心：麻州政府大楼

波士顿公园北面的斜坡上，矗立着新的麻州政府大楼

（Massachusetts State House），红墙白窗，上有镀金的圆顶。说其“新”，是相对灯塔山西面那个第一次宣读《独立宣言》的老州政府大楼而言的，它其实也有两百多年的历史了。

新州政府大楼是一座红砖结构的两层建筑，上面的金色圆顶显得大气、庄重、典雅。主墙是红色的，地下一层和拾级而上的台阶均为银灰色，一楼正中凸出的部分是几座红色拱门，二楼凸出的部分是一排白色的廊柱，楼顶上有白色的护栏，颜色搭配相当协调。屋顶一个红色三角形的阁楼上方，是皇冠一样的镀金穹顶，在太阳的照射下，金碧辉煌、熠熠生辉。诗人因此将它形容成太阳系的中心。可能这个名称，不仅来源其光亮耀眼的外表，还与其在美国历史文化的“中心”地位有关。据说这个穹顶原来是木质的，后来里维尔把它包上了铜皮，1874 年则用金子把它镀成了金色。“二战”时，为了防止飞机轰炸，它曾被故意涂黑，其他时间都是金光灿灿的。

这栋大楼建于 1798 年，其时波士顿的爱国者亚当斯已经当选美国的第二任总统。大楼建成时，被称为美国最宏伟的建筑，是所有欧洲建筑风格的集大成者。设计者是自学成才的建筑师查尔斯•巴尔芬奇（Charles Bulfinch）。后来华盛顿首府的国会大厦和康州政府大楼，也都出自他的手笔。

新州政府大楼几乎是站在坡顶，俯瞰着波士顿公园。大楼的左边，有约翰•汉考克的铜制站像，据说原来这片坡地就是他家的牧场。约翰•汉考克是麻州第一任民选的州长，1787 年再次当选，共当了 11 年，最后死在任上。晚年因腿脚肿痛，备受折磨，但他一直没有中断过参加当时在波士顿公园的各种重大集会。约翰·肯尼迪当总统前，在新州政府大楼后面的斜坡——鲍登街上，一直拥有一套公寓。在竞选总统的大选之夜，1960 年 11 月 7 日星期一的晚上，约翰·肯尼迪还来到波士顿公园，参加了约两万人的民众集会。

新州政府大楼对游人开放，经过安检后，任何人都可以在大楼里闲逛，而不用担心影响政府工作人员的正常办公。只要你愿意，甚至可以推门而入，旁听一些正在召开的会议，不用担心任何的盘查。偶尔碰到正在大楼里上班的人员，他们都会和你友好地打招呼，也许他们早已习惯游客的“打扰”。大楼的陈列室里，有很有名的用木头雕刻的鳕鱼——“神圣的鳕鱼”，长约一米五，标志着 1784 年以来捕鱼业和鳕鱼加工业在波士顿的重要性。木头鳕鱼最初悬挂在老州政府大楼里，后来被搬到了这里。波士顿最出名的海产就是鳕鱼和龙虾。曾经在 1933 年，有个哈佛大学的捣蛋鬼把这条木头鳕鱼给藏了起来，结果搞得众议院推迟了 4 天的工作，直到找到它为止。

从公园向着新州政府大楼走，灯塔街的路边有几棵大树和一些刻字的大理石碑墙。碑墙侧面的圆球上，有展翅欲飞的鹰雕。新州政府大楼的马路对面，是座铜制的浮雕——罗伯特·库德·肖纪念碑（Robert Gould Shaw Memorial）：一个骑马的将军与一队扛枪的士兵在行进。这支队伍是南北战争时，一个全部由黑人组成的战功卓著的“麻州 54 团”（54th Massachusetts Regiment）。骑马的将军，就是罗伯特·库德·肖上校。他在攻打南卡罗来纳州的瓦格纳要塞（Fort Wagner）时不幸牺牲。这场战斗中，有个黑人士兵身中数

山坡上的麻州政府大楼

罗伯特·库德·肖纪念碑

枪，依然保护着战旗不倒，从而成为第一个获得美军最高荣誉奖章——“国会荣誉勋章”（Congressional Medal of Honor）的黑人。这座浮雕，在美国历史，尤其是非裔美国人的历史上，有着非常重要的地位，经常可以在不同的书中见到它的插图和说明。曾获普利策诗歌奖的波士顿本土诗人罗伯特·洛威尔（Robert Lowell），在其诗歌《为联邦而死难者》（*For the Union Dead*）中这样写道：“（他们的）纪念碑就像一根鱼刺，卡在这个城市的喉咙。它的上校，瘦得像根指南针。”（The monument sticks like a fishbone in the city's throat. Its colonel is as lean as a compass-needle.）

浮雕墙就立在路边不远处，与马路的距离不到两三米，因此经常有很多运营市内游的“鸭子船”和游览车，在这里停下来讲解。游览车并不下人，只在车上讲解，讲完后又到下一站。尽管这里车多路窄，但人们都很注意礼让和安全，没有任何混乱和拥挤不堪的现象。游客在拍照时，也很注意先来后到，很少有人站到马路上去拍。

废奴运动的发源地：公园街教堂

从新州政府大楼顺着波士顿公园东侧的小街——公园街往下，走到一个拐角处，就是公园街教堂（Park Street Church）。这里与“自由之路”的出发地点，其实相距不过几十米的距离，等于是折回来了。

这座教堂建于 1809 年，比坡上的新州政府大楼晚了二十多年，当时选址在公园边一个用来储粮的谷仓。它曾经有个昵称叫“硫黄角”(Brimstone Corner),据说是因为它在1812年英美战争中曾经储藏过弹药和硫黄,也可能是因为这里的老式牧师总是对那些不思悔改的人布道“地狱之火和硫黄”(hell-fire and brimstone)的缘故。公园街教堂非常漂亮,被誉为“基督教建筑的经典之作”——红砖墙,圆门厅,白塔尖,在波士顿几乎无人不知、无人不晓,也是来访波士顿的旅游者必到之处。它的尖顶高217英尺,即66米多,曾经是从海上来的游客快到波士顿时,看到的第一个最高的地标性建筑。

它是早期废奴运动的演讲和集会场所。1829年7月4日“独立日”那天,著名的废奴主义者,年轻的威廉•罗伊•加里森(William Lloyd Garrison),在这里发表了他第一个主要的公开废奴演说。两年后的同一天,即1831年的独立日,这里响起了全美第一次为庆祝国家生日而高唱的歌曲——《我美丽的家园》(*My Country tis of Thee*)。这首歌充满了对自由的赞美和渴望,在美国于1931年正式确定《星条旗之歌》(*The Star-Spangled Banner*)为国歌之前,它一直是人们默认的国歌。美国民权运动领袖马丁·路德·金博士的著名演讲《我有一个梦想》,就曾引用过它的歌词。在奥巴马2013年连任的就职典礼上,歌手凯莉·克莱森(Kelly Clarkson)也曾演唱过这首歌。

公园街教堂在2009年举行了200周年庆。这个教堂平时给刚到波士顿的人提供免费的英语培训,而且每个周末都有正常的礼拜活动。教堂北面走廊的窗下,就是大谷仓墓地。

不分贵贱：大谷仓墓地

大谷仓墓地（Granary Burying Ground）比公园街教堂的历史早二百多年，也是因原来所在的位置是一个用来储粮的大谷仓而得名。

墓地本身，与美国其他地方的墓地差不多，都是一块草坪或者斜坡上竖着很多石碑，没有隆起的“坟堆”，也少有单独圈护的墓葬，如果没有一排排大大小小的墓碑和四周的围栏，还真看不出下面有墓葬。这样倒是既可以少占土地，又有利环保，还方便人们拜谒。

大谷仓墓地中，除了几块高大有台座或者尖顶柱形的厚重墓碑外，多数都是立在草坪过道两旁的低矮薄碑，上面刻着图案，或者就是简单的死者名字和生卒年份，不少还是夫妻或一家人共用一块墓碑的。

这个墓地实际上是波士顿的“历史博物馆”，葬着波士顿历史甚至美国历史上非常重要的人物。签署《独立宣言》的五十六个人中，就有三位——约翰·汉考克、塞缪尔·亚当斯和罗伯特·特里特·佩恩（Robert Treat Paine）——长眠于此。约翰·汉考克那块弧顶的大方碑，靠在公园街教堂的墙边。他是美国《独立宣言》的第一个签署人，因为他的字体又粗又黑，而且漂亮，所以但凡读过一点书的美国人都知道：如果有人问你要一个“John Hancock”，意思就是要你给他签个名。

墓地中央有一块比较显眼的方台尖顶的大墓碑，那是本杰明·

大谷仓墓地中汉考克的墓碑

富兰克林父母的。保罗·里维尔（Paul Revere）的墓碑不高大，也不算很小，在中间靠后的位置。里维尔是美国历史上那个著名的“午夜送信人”。当时送信要通知的人，是“自由之子”的领导人汉考克和塞缪尔·亚当斯。没想到他们三人，最后都长眠于此，也算是一种缘分吧。

长眠于此的，还有老亚当斯总统做律师时的师父——詹姆斯·奥提斯（James Otis），他也是波士顿早期的爱国者之一。波士顿惨案中的五位受害者，以及之前因反对英国统治而遇害的一个孩子，都葬在这里。

这个墓地总共只有两千三百多块碑，却埋有八千多人。据说富兰克林父母的墓碑旁，一个墓坑就葬了五百个左右的孩子。

墓地外面，隔着一条“三山街”（Tremont St.），就是史密斯教授所在的萨福克大学法学院大楼。史密斯教授的宪法课，不像在讲法律，而像在讲故事，讲美国宪政史上的那些趣事和大事。因此，与中国墓地常常选址偏僻、氛围诡异不同，这个墓地一点也没有阴森凄凉的感觉，就像一个社区公园，经常有人在这里流连。铁栅栏的外面也总是游人如织，根本体会不到苏轼笔下的荒寂——“千里孤坟，无处话凄凉”、“料得年年断肠处，明月夜，短松冈”。

不仅如此，美国人还故意搞些“鬼节日”、编些“鬼故事”来自娱自乐。万圣节（鬼节）的时候，报纸上就有人说看到有鬼在波士顿公园里游荡，榆树上挂有女吊死鬼，里维尔竟然从大谷仓墓地的墓碑下，活生生地伸出了一条腿！美国人对于这些“鬼话”，不仅不害怕，而且喜欢在报纸书籍上津津乐道，还在万圣节把自家房前屋后，用各种充气的塑料鬼怪和彩灯，装扮成“鬼城”的模样。与中国民间“七月半”（农历鬼节）的接祖先、烧纸钱相比，美国人少了缅怀，多了娱乐。这也许是因为中国文化区分了“阴曹地府”和“阳间人世”，而西方的天堂、地狱仅指灵魂的归属，没有阴阳两个世界的观念。

受冷落的国王教堂和墓地

从萨福克法学院门口往北，沿着那条红色小路走不到二三百米，拐角处即是国王教堂（King’s Chapel）。紧挨它的，一边是墓地，一边是有富兰克林铜像的一个小院子，也是波士顿拉丁学校（Boston Latin School）的原址和老市政府大楼（Old City Hall）。

相比公园街教堂而言，国王教堂要小气简陋得多，廊柱和墙砖也是黄黄的，没有州政府大楼或者老南会议厅（Old South Meeting House）那么“红”。这座教堂最初建于1688年，是波士顿第一所英国圣公会教堂，由皇家总督埃德蒙·安德罗斯爵士创立。因为当时没有人愿意卖地给皇家总督修这么一个非清教徒的教堂来执行英国的法律，所以就只好修建在相对偏远的公共墓地上。教堂初建时很小，是木结构的，现在看到的是建于1750年的新教堂，没有尖顶。教堂里面简单肃穆，不少座位旁边都有说明，标明谁谁谁（一般是历史名人）曾经在这里做过礼拜等。

国王教堂旁边的墓地，是波士顿最早的知名墓地，它几乎和波士顿同龄，比大谷仓墓地的历史还早30年。虽然没有大谷仓墓地那么大，但这里埋葬着波士顿殖民地的第一个行政长官——约翰·温斯洛普，还有第一位从“五月花号”船上走下来的妇女玛丽·奇尔顿（Mary Chilton）。虽然旁边的教堂是国王的，但这里埋葬的很多人却都是清教徒。清教徒喜欢把墓碑搞得很“文艺”，而且碑上的内容也是五花八门，没有“统一的格式”，有刻骷髅的，也有刻带两只翅膀的头像的。

站在墓地里，可以看到下面地势稍低一点的庭院，庭院中有富兰克林的铜像——一个披发的绅士，一手拄拐杖，一手拿帽，低头站在台柱上。

富兰克林的“四面”

国王教堂墓地靠学校街（School St.）这边的隔壁，是波士顿第一所拉丁学校的原址，院子里有老市政府大楼和富兰克林的铜像。现在这所学校早已搬到了别的地方。

这所学校建于1635年（有人行道上一个用马赛克制作的遗址纪念牌为证），比哈佛大学还早一年，当时只收男生，大约只有四分之三的学生能够毕业，但培养了五个《独立宣言》的签署人。这五人，除了长眠于不到数百米开外大谷仓墓地的三人外，一个是本杰明·富兰克林，另一个是威廉·胡博（William Hooper）。富兰克林在这个学校并没有正常毕业。他出生在旁边的牛奶街（Milk St.）上，因家贫，中途从拉丁学校辍学去做童工，做蜡烛，搞印刷，什么都干过。他名字的简称或昵称是“本”（Ben）。美国人喜欢这样称呼朋友和熟人。比如曾经的美国总统克林顿，他的全名是“William Jefferson Clinton”，“克林顿”（Clinton）是我们中国人所谓的“姓”，即英语里的“last name”或“family name”，威廉（William）和杰弗森（Jefferson）则是他的名字，但家人和朋友都喊他的小名——比尔（Bill）。

走进院内，正面是老市政府大楼，白色的廊柱凸台，二楼的阳台上挂着一面美国国旗。国旗下的门楣上，刻着醒目的大字“OLD CITY HALL”。走上几步台阶进到廊柱的门廊，可以看到里面的拱门两旁，刻着历任波士顿市市长的姓名和任职年份。好像没有现任市长门里罗的，他可是连续当了20年波士顿市市长了。

大楼的左边是富兰克林的铜像，可见这位最著名的革命家是母校的骄傲。富兰克林铜像下面的柱基四面，各刻有一幅浮雕画，昭示着他丰富人生最为突出的“四面”。

第一面是印刷工。这是面朝街上的正面，刻画了富兰克林年轻时当印刷工的情景。这是人们最熟悉，也是富兰克林自己最看重的一面，他曾因此担任过美国的第一任邮政局长，费城至今有以他名字命名的“富兰克林大桥”。所以这一面上的底座台柱上，刻着他的名字和生平。这是富兰克林作为印刷工、出版家等职业的一面。

第二面是放风筝。这是刚才那面印刷工浮雕的对面，放风筝是富兰克林的业余爱好，他还发明了避雷针、玻璃琴、双光眼镜（bifocal lenses）和富兰克林式铸铁壁炉等，并且第一次命名并描绘了大西洋中的墨西哥湾流。这是富兰克林作为科学家、音乐家等多才多艺的一面。

第三面是签署《独立宣言》。这是美国人再熟悉不过的画面，正中间那个坐着的就是约翰·汉考克，他是当时美国大陆会议的主席。站在约翰·汉考克对面，手里拿着稿纸，好像正在向他递交文件的那个高个子，就是托马斯·杰斐逊。杰斐逊的右边，那个矮胖一点，光秃着大额头的，是约翰·亚当斯。左边那个年纪稍长，留着披肩长发的，就是富兰克林。亚当斯和杰斐逊，都继华盛顿之后，分别成为第二任和第三任美国总统。有趣的是，画中“核心”的四个人中，竟然有三个是波士顿人！这是富兰克林作为爱国者、开国之父等政治的一面。

第四面是签署《巴黎和约》。1783 年 11 月，富兰克林等三人代表美国与英国签订《巴黎和约》，英国正式承认北美 13 个州的独立。从此英国正式承认美国是一个独立的国家，这也标志着美国的建国。这一面浮雕刻画的正是当时富兰克林、亚当斯和杰斐逊作为美国的代表和英国代表签字的场景。但考虑到要给英国代表留点面子，浮雕故意只刻画了美国代表的人像，英国代表那边则是空白，是一幅故意“未完成的画”。画中三人都是美国独立战争的“老搭档”。尤其是富兰克林和约翰·亚当斯，他俩不仅是波士顿老乡，而且都长期旅居法国巴黎，结下了深厚的友谊。这是富兰克林作为美国代表等外交的一面。

从庭院往外走，可见铁栅栏门的左边，有一只半人高的铜铸驴子，背上被摸得溜光，露出金黄的脊背。驴子前面的地上有两个鞋印，每个鞋印里都有大象的图案。看前面铁门方柱上的铜制铭牌，才知道这是寓意美国政治竞选或者两党制的“驴象之争”。波士顿是民主党的大本营之一。

后来有一次，同事一家人从西雅图过来玩，我们就要她女儿坐在驴子上留影，说最好是倒骑毛驴，模仿张果老“八仙过海”的样子。同事就问为什么大象会被踩在地上，我入乡随俗地来了句：“Good Question!”

富兰克林铜像

“驴象之争”雕塑

早期美国文学的中心：老街角书店

老市政府大楼出门向左，不到一百米，是历史上著名的老街角书店（Old Corner Bookstore）。如果不是特别留意的话，很可能根本不会留意身边这栋毫不起眼的房子，而是直接把眼光越过马路，投注在对面的爱尔兰人饥荒雕像和老南会议厅上。

书店原址就在华盛顿街与学校街的拐角处，是一栋普通的红砖坡顶房，屋顶上盖着瓦，窗子是白色方格子形状的。这个地方最初是清教徒“歧见者”安妮·哈钦森（Anne Hutchinson）的住处。安妮·哈钦森作为清教徒的“异教徒”，1638年因传播异教被驱逐出马萨诸塞州，流放到罗得岛，后来又到了纽约，最后被杀死在现在纽约布朗克斯的哈钦森河附近。这些来到北美的清教徒自己曾经作为英国的“异教徒”被流放，反过来，却又以“异教徒”的名义对哈钦森等进行流放和迫害。

这块地后来易手给汤马斯·克里斯，并在1711年波士顿大火中被夷为平地。1712年，克里斯重建新楼，楼上自住，楼下开了一家药店。1828年，这座建筑首次被用作书店。约从1833年到1864年这三十余年，这里是全美首屈一指的出版机构——提科诺和菲尔兹出版公司（Ticknor and Fields）所在地。这家出版公司是大律师、收藏家威廉·提科诺（William Ticknor）和詹姆斯·菲尔兹（James Thomas Fields）合作创办的，是美国最重要的出版公司之一，出版了著名的《大西洋月刊》，还有霍桑的《红字》、梭罗的《瓦尔登湖》、奥尔科特的《小妇人》、斯托夫人的《汤姆叔叔的小屋》、惠蒂埃的诗文集《新英格兰的传说》等世界名著。老街角书店也成为许多著名作家与诗人的聚集地，这里的常客有爱默生、朗费罗、狄更斯、霍桑、福尔摩斯以及霍姆斯等。在全盛时期，这家书店曾被誉为太阳神和文艺女神灵地的"帕纳塞斯山角"（Parnassus Corner），是19世纪中期波士顿的文学中心。

其中，常远道而来的爱默生、梭罗、霍桑、奥尔科特、霍姆斯等，多半曾长住波士顿地区的康科德。康科德是大波士顿地区的一个优雅小镇——大名鼎鼎的瓦尔登湖所在地，不是现在新罕布什尔的州府康科德。当年这里也可谓大师云集。爱默生曾被誉为"美国文学之父"和"美国的孔子"。老霍姆斯（Oliver Wendell Holmes Sr.）与朗费罗、霍桑等是同时代的著名诗人兼好友，他的儿子小霍姆斯曾

老街角书店旧址

是哈佛大学法学院教授、美国联邦最高法院的大法官。

几经变迁，1892 年至 1997 年间，老街角书店的子公司——环球街角书店在这里出售旅行手册与地图。后来《波士顿环球报》运营期间，这里对外出售《波士顿环球报》产品与旅游纪念品。2005 年，老街角书店所在地被美国第五大钻石连锁商“超级钻石”（Ultra Diamonds）买下，作为超级钻石专卖店。2009 年，“超级钻石”破产。现在这里已经变成一个名叫“CHIPOTLE”的墨西哥烤肉店。

酝酿波士顿倾茶事件

老南会议厅（Old South Meeting House）就在老街角书店的斜对面，是当年聚会酝酿波士顿倾茶事件的地方。作为波士顿第二个历史悠久的教堂，这座红砖墙结构有着尖顶的建筑，不卑不亢地挤在周围的现代化高楼中，门前车多人多。

与公园街教堂不同，老南会议厅没有廊柱，感觉似乎没那么大气。外墙上也有时钟，顶部也有钟楼，但没有公园街教堂那么高，而且钟楼的颜色也是白色和蓝灰色，没有那么显眼亮丽。这也许是因为年代更加久远，或者它的“会议”功能所决定的吧。

这个会议厅建于 1729 年，当时可是波士顿镇上最大的建筑。清教徒们经常在这里开会，尤其是法纳尔大厅容纳不下的时候。波士顿惨案前后的一些重要集会，都是在这里举行的，包括酝酿著名的“波士顿倾茶事件”。1773 年 12 月，足有五千多人聚集在这儿，抵抗英国国王强征的令人厌恶的茶叶税。塞缪尔·亚当斯对着群众演讲说：“先生们，这次会议就是要拯救国家。”（Gentlemen，this meeting can do nothing more to save the country.）这句话后来被传为“自由之子”的暗号。那次聚会时，人们群情激昂，齐喊“波士顿海港，今晚变茶壶”（Boston Harbour—a tea pot tonight）。后来兵分几路，把3艘船上共342箱英国运来的茶叶，全部倒进了海里。至今美国的中小学课本里还在一遍又一遍地模拟当时关于反对茶叶税的辩论。“无代表，不纳税”（No representation，no taxation），这句话无疑成了美国独立战争前的最强音。

进入会议厅里面参观，要买票或捐赠6美元。里面有上下两层座位，有很多关于当时名人演讲的介绍，尤其是对于塞缪尔·亚当斯的介绍，还有对非裔美国女诗人菲利斯·惠特莉的专门介绍。这个曾经从非洲被卖到波士顿的小女孩，后来成为第一个写书出版的非裔美国人，被誉为“北美黑人文学之母”。她的成就，挑战了当时许多波士顿人的种族（歧视）观念。她第一本书的珍藏本，至今还在这里展出。

会议厅里有个有趣的参与性项目：一块白板上有几十个人物的头像，操作台上是一系列著名事件的灯光按钮，比如反茶叶税运动、波士顿惨案纪念活动、波士顿倾茶事件，等等。你随便按一个按钮，参与过这个按钮所对应活动的人物头像就会发光。我信手按了几个，发现塞缪尔·亚当斯、约翰·亚当斯这俩堂兄弟总是回回“闪亮在场”。另外，通过这个参与性娱乐项目，你还会认识到一些几乎从不缺席的积极分子，如汉考克、里维尔、惠特莉等。

老南会议厅现在依然是人们演讲和辩论的地方，每逢一些重要的纪念活动，就会看到一些扛枪奏乐的人，站在会议厅外面，模仿当年的“一分钟人”（minuteman），场面很有趣，也很严肃。“一分钟人”是莱克星顿打响美国独立战争“第一枪”时，英国士兵形容波士顿民兵集结神速的用词，意思是快得“只要一分钟”。莱克星顿有“一分钟人”的青铜雕塑，康科德则有“一分钟人”国家历史公园。

其实，波士顿的天气，似乎也是“一分钟天气”。有一天，我在肯尼迪总统博物馆门前等车，刚开始太阳晒得厉害，只想找个树荫躲一下，没想到车还没来，天空立马变黑，狂烈的海风吹得我浑身发冷，接着就下起雨来，只好跑回博物馆里躲雨。可没过十分钟，太阳又出来了，雨也停了。除了路上的雨水，简直不敢相信曾经有

老南会议厅“一分钟人”表演

过这样的风云突变，感觉就像做梦。波士顿在季节交替和气温变化上，也像"坐过山车"，往往一两天就相差十几度，据说还有 5 月和 10 月下雪的历史。冬天里我在这里曾不止一次地碰到过一边出太阳，一边飘雪花的天气。

老南会议厅的地下层有个书店，经营者偶尔也会把一些旧书摆到门前的人行道旁，进行折价处理。很多都是 1 美元一本，也有 3 美元、5 美元和十几美元的。马路的对面，是一组反映爱尔兰人"土豆大饥荒"的群雕，一些鸽子经常停在那里玩耍，时不时有穿着古装的男女导游，在那里给游人讲解。

第一次宣读《独立宣言》：老州政府大楼

老州政府大楼（Old State House）是第一次宣读《独立宣言》（*The Declaration of Independence*）的地方，离老南会议厅步行不算远，也可以乘地铁到达——"State"站的出站口即是。

波士顿橙线地铁和蓝线地铁的"State"站，墙上有不少包括波士顿惨案在内的历史宣传画，还有诸如"反抗是一个人的义务"之类的名言。其出站口就是老州政府大楼，这座大楼等于是"骑"在出站口上面，如果不加注意，不四处张望的话，很难找到"身在其中"的这栋楼。

这栋楼也处在一个斜坡的顶端，是三层楼的红砖建筑，旁边和身后都是高楼，没有老南会议厅或者公园街教堂前那种凸出的尖塔式大钟楼，屋顶中央矗立着一座白色镀金的两层小钟楼。白色的钟楼搭配白色拱形的格子窗，显得很典雅。

它的西北面，也就是正前方，视野较为开阔，是一个很大的红绿灯十字路口，下坡即是波士顿现在的市政府大楼，这里可以看到法纳尔厅及塞缪尔·亚当斯的站立雕像。它的正面墙上，三角形屋檐下，有个圆形的黄钟。屋檐的两边分别立着动物雕塑：一边是站立的金色狮子，另一边是“马跃前蹄”造型的白色独角兽——身上配有金黄的带子，头上一根金黄的长角。狮子代表当时的英国王权，独角兽代表司法。二楼正中是一个白色阳台，栏杆和正墙上的门窗都是白色方格造型。据说这个阳台就是1776年6月18日第一次宣读《独立宣言》的地方。后来成为“第一夫人”的艾碧该·亚当斯（Abigail Adams），曾在写给丈夫的信中这样描述当时的场景：

“人们全神贯注地听完宣读的每一个字，然后三呼万岁，从此结束了英国王权在这个州的统治，所有的人都说‘阿门’。宣读完后，人们把象征王权的狮子和独角兽拆下来烧了。”

亚当斯夫妻的通信是美国独立战争和建国后的珍贵史料，记载了很多重要的历史事件。夫妻俩的长子后来成为美国的第六任总统，他们的家庭堪称美国历史上第一个“第一家庭”。后来也是在这里，约翰·亚当斯宣布：独立之子已经诞生了！

其实在《独立宣言》宣读之前，来自当时麻州各个殖民地、经过自由选举而产生的代表们，就在这栋大楼里辩论过英国的统治和税收。他们在塞缪尔·亚当斯的领导下，经常与将议会和法院设于二楼的皇家总督进行斗争。

到2013年，这栋大楼已有整整300年的历史。现在这里展出的珍藏，有汉考克宣誓就任麻州州长时穿过的红袍，有波士顿倾茶事件中保留下来的茶叶，有一盏当初“自由之子”们开会时的信号灯，有一件里维尔制作的银器，有一支莱克星顿战场用过的旧式步枪，还有邦克山战役的一面鼓，等等。

波士顿惨案遗址

老州政府大楼另一头的墙角，有一块镌刻着说明文字的铜牌。同时该大楼东面阳台下的地上有一个圆圈，标示着当年波士顿惨案发生的地方（Boston Massacre Site）。

波士顿惨案发生于1770年3月5日。当时，波士顿人和此前因镇压印花税法暴乱而派来的英国士兵之间，关系已经闹得相当僵。最先只是一个做假发的学徒工与一个英国哨兵之间的小冲突，结果

波士顿惨案遗址

事情越闹越大。民众蜂拥而上，一边口里骂着“龙虾兵”（Lobster backs，英国兵的服装是红色的，有点像煮熟后的龙虾弓背，所以当地人就这样带有仇恨色彩地咒骂他们）、“红背心”（Redcoats），一边用石头、棍棒和雪球等投掷英国兵。英国兵也来了八九个人，试图冲开几百人的围攻。在混乱及群情激动的场面下，军人及平民都无法控制自己的情绪。混乱中不知谁开了一枪，场面越发变得不可收拾，最后有五个平民倒在血泊中，数十人受轻伤。

惨案发生后，“自由之子”的领导人马上加以利用，并展开猛烈的宣传攻势，要求通过民间陪审团而非军事法庭来公审肇事军人，要求英国军队立即撤离波士顿，还在法纳尔厅举行了有一万人参加的悼念活动。要知道，当时整个波士顿镇上的所有居民大概也就两万人，不少人都是从别的地方赶过来参加悼念活动的。从此以后，每年的3月5日，这里都有悼念活动。塞缪尔·亚当斯把这次惨案定性为“恐怖的流血屠杀”，并且让出自己家族在大谷仓墓地的“祖坟”，安葬了这五个遇难者。

里维尔作为当时的雕版匠人，用不无夸张的手法彩绘了身穿“红背心”的英国兵，他们齐刷刷地站成一排，在一个军官的举剑指挥下，向手无寸铁的平民开枪，五个人身上流出红色的鲜血，一只小狗也呆呆地站在惨案的现场。这些“技术化”的处理，使得舆论一致谴责英国兵的暴行，而同情争取自由独立的人们。塞缪尔·亚当斯不愧是当今“政治化妆师们”的老祖宗。

更为有趣的是，塞缪尔·亚当斯的堂弟，后来曾任美国第二任总统的约翰·亚当斯，在这次惨案后，主动担任英国兵的辩护律师，最后只有两个士兵被判处了较轻的刑罚，其他人都无罪开释了。约翰·亚当斯的辩护理由是：无罪开释的士兵属于开枪自卫，因为谁也不能确定是哪些士兵开了那些足以要命的枪；两个被判刑的士兵也是过失致人死亡，而非故意杀人。约翰·亚当斯为之辩护的，正是自己政治上的“敌人”。

不知130年后，来到波士顿惨案遗址的法国青年托克维尔，看到约翰·亚当斯当初为敌人辩护，后来竟然能当选总统，又会作何感想？！须知，托克维尔的爷爷，在法国大革命时作为自由派的贵族，挺身而出为落难的国王担任辩护律师，却因此被送上断头台；他的父母，也曾双双下狱被判死刑，所幸后来热月党人政变落实政策，才好不容易捡回条命。他的爷爷曾经慷慨陈词：“我在国王面前为人民辩护，我在人民面前为国王辩护！”

波士顿惨案五个遇难者中有一个黑人男孩——克里斯普斯·阿塔克斯（Crispus Attucks），他身中两枪而死，起初并未受到特别的关注，但在后来南北战争前的废奴运动中，被宣布为非裔美国人的英雄。他因此成为美国独立战争中牺牲的第一个黑人英雄。

一个在这次惨案发生11天前遇难的12岁男孩克里斯托弗·斯奈德（Christopher Snider）也被埋在大谷仓墓地。他被葬在这五个波士顿惨案遇难者的旁边，被称为“第六个遇难者”。他也是因为参加抵制英国征税的抗议活动，被一个支持英国国王的无赖平民所枪杀。

法纳尔厅和昆西市场

现在波士顿市政府即新市政府大楼的对面，就是法纳尔厅（Faneuil Hall）。波士顿的建筑，一般用 house、hall、building、tower 等不同的单词来表达，感觉是“由小到大”的排列。但也不尽然，一般市政大楼和大学里的教学楼等，都用 hall 来表达，并非“中国式理解”的客厅、门厅之类。

法纳尔厅本身是一栋三层楼的红砖房子，上面有钟楼，粗看好像没有什么与众不同的地方。它钟楼上那个金色的风向标，在波士顿非常有名，是这栋楼最初的主人法纳尔特意请人打造的，与老北教堂（Old North Church）屋顶的风向标出自同一名匠 Shem Drowne 之手，但不知为什么这个风向标竟然是只大蝗虫（又称蚱蜢）。围绕这个蝗虫风向标，还闹出过很多奇闻逸事。据说，它在独立战争时期是用以判定间谍的一种方式。因为在 1812 年战事中，只要有人无法回答“在法纳尔大厅屋顶上的是什么”这个问题，就有可能招致间谍的嫌疑。

法纳尔厅在二百七十多年的历史中，几经重修，但一直是波士顿人进行政治集会和辩论、演讲的地方，被誉为“自由的摇篮”。这栋大楼兼会议厅，当初是一个单身的年轻人捐建的，但他自己没想到的是，这里的第一个聚会活动，竟是他自己的葬礼——他死时不到 43 岁。1761 年，这栋大楼曾经失火，烧得只剩砖墙，1763 年修复后重新开放，早期的爱国者奥提斯曾预言性地把楼上的会议厅称为“自由的事业”（Cause of Liberty）。2013年3月28日下午，已连任五届波士顿市市长、年近七十岁的门里罗先生，就是在这里宣布不再连任的。他是波士顿史上任职时间最长的市长，也是首位意大利裔的市长，深受市民爱戴。

法纳尔厅的一楼是游客中心和卖纪念品的市场。二楼是错层结构的会议厅，每年都会举行24次宣誓仪式，总计有300—500人要在这里宣誓成为新公民；每年7月4日的“独立日”，这里都有政治家演说的“保留节目”。三楼是一个军事博物馆，可以看到不少实物展览，还有历史上美国名将的头像雕塑，以及不同时期的军旗。

2012年独立日那天，我特意到这里来旁听来自萨福克地区和诺福克地区的麻州议会参议员迈克尔（Michael F. Rush）的演讲——《自由的摇篮》（*Cradle of Freedom*）。场面非常庄重、热烈。市民们都是自发而来的，有军乐团奏乐，但没有铺红布的桌子，也没有端茶送水的礼仪小姐。波士顿的几个主要政治人物都到了，比如门里罗市长、民主党参议员候选人华伦（Elizabeth Warren）、联邦参议员约翰·克里等。华伦是哈佛大学法学院的教授、破产法专家，2012年大选中，她击败了共和党候选人布朗，成为波士顿历史上第一位女性联邦参议员。约翰·克里后来接替希拉里·克林顿，成为现任奥巴马政府的国务卿。门里罗和华伦他们五六个人，挤在舞台一角的两张长椅上。一个一个轮流站到话筒前讲话。每讲到激昂兴奋处，大家就鼓掌吆喝，有时还会发出会心的笑声。间或下面的乐团会奏乐，大家站起来齐唱国歌。唱国歌时有一个黑人男歌手领唱，这个领唱人还另外清唱了两首歌。

因为那段时间恰逢英美1812年大战200周年纪念，不远处的查尔斯镇正在举办每年一次的海港节，所以此次演讲还来了不少军界的人物。除了一两个军界首脑和市长议员们坐在台上外，其他所有人都秩序井然地坐在二楼和台下的观众席，其中不乏身穿军装的海空高级将领。个别来得晚点的人，都很礼貌地跟旁边的人轻声地说着“Excuse me”或者“Thank you”之类的话。演讲人迈克尔的母亲、老婆和两个孩子，也都坐在一楼台下前排的位置，给他鼓劲加油。

他演讲的内容我已记不太清，但那种热烈平等的气氛至今记忆犹新，他最后那句充满激情的结束语——“永远独立！”（Independence Forever !）也让人印象深刻。当人群散去以后，有几个市民跑上去和迈克尔合影。我也就“麻起胆子”走上去和他搭讪，他非常热情地和我用力握手，说着“Nice to meet you，professor”，然后彼此交换名片，并合影留念。

法纳尔厅前后均有空地，经常有耍杂技的表演，很搞笑，演员很善于与观众互动。法纳尔厅的西面矗立着塞缪尔·亚当斯双手抱胸的站立铜像。他是老亚当斯总统的堂兄，曾中风，因此有些口吃，走路蹒跚，但他的文笔绝对一流。哈佛大学毕业的他，对经商全无概念，却是一个“天生的政治家”，继约翰·汉考克后，他于1794—1797年成为麻州的第二任民选州长。亚当斯铜像北面的地上，是高大的怀特铜像——西装革履，左臂搭件衣服，正以大踏步的姿势往法纳尔厅走。怀特（Kevin H. White）曾于1968年到1984年，连任

演讲后迈克尔与家人合影

我与热情的迈克尔合影

四届波士顿市市长。

法纳尔厅东边不远处，是三个大市场，中间是昆西市场（Quincy Market），两边分别是南市场（South Market）和北市场（North Market）。昆西市场是根据波士顿曾经的市长约西亚·昆西（Josiah Quincy）的姓名来命名的。法纳尔大厅与这三个市场连在一起，再加上周末的Haymarket，使这一带成为波士顿市区内最热闹的地区，也是每个到波士顿游玩的人心心念念的必到之处。2012年圣诞节期间，波士顿最大的一棵圣诞树就装点在昆西市场后面的广场上。昆西市场周围人流熙攘，小吃、杂货应有尽有，有点像长沙的南门口。在这里，可以品尝各种美食，包括波士顿五颜六色的炒豆和中国、东南亚的风味快餐，可以购买各种特色旅游纪念品和衣服鞋帽等，还可以欣赏杂技、街头艺术、酒馆文化、风土人情等。有兴致的话，在昆西市场里面的小吃摊，点上一盘波士顿的龙虾，鲜嫩可口，而且不贵。

回到法纳尔厅，继续踩着红线小路往前走，沿途可以看到马路中央的小公园（Union Street Park）中有六个蓝色空心的玻璃高塔，上面刻着密密麻麻的小字。那是1995年为了纪念被纳粹杀害的600万犹太人而修建的开放式雕塑，名叫“新英格兰犹太人大屠杀纪念碑”（New England Holocaust Memorial）。每个塔分别代表一个死亡集中营。那些小字都是遇难者的名字。

越往前走，街道两边的红砖房子越发显得老旧和历史久远，路也越发狭窄起来。这一带是美国最老的街区，它以波士顿第一个欧洲殖民者布莱克斯通的名字命名，即“Blackstone Block”，已经有近三百年的历史，现在仍保留着18世纪的模样。挨着红砖墙边的红色小路走，有块餐馆的招牌低得快要碰到人的脑袋。抬头一看，黑底招牌上面有烫金的字——“ye olde, UNION OYSTER HOUSE, est. 1826”。这就是那家非常有名的牡蛎店，全美年代最久远而且至今生意兴隆的招牌老店，肯尼迪总统曾在这里订过包间。1700年代时它是一个卖丝绸的进口商店，后来曾是波士顿妇女们织补衣服和学习法语的地方。约翰·汉考克和约翰·亚当斯等的夫人们，常在这里织补和聚会。

从牡蛎店往前走两扇门，就是当年约翰·汉考克弟弟的房子。汉考克的弟弟曾担任“大陆军队”负责军需的副官。当时美国殖民地的自治机构称“大陆会议”，总共才两届。汉考克是第二届大陆会议的主席，其间组建军队，任命华盛顿为总指挥，故称“大陆军队”。当时从法国借来支援华盛顿军队的数百万钱币，就储藏在这里。

再往前走，就到了波士顿人周末常去买新鲜蔬菜、水果的“农贸市场”。农贸市场是借用国内的传统称呼，其实它是定期在路边搭着帐篷销售的“室外市场”，只在每周星期五和星期六才有。这个市场很有些历史了，名叫“Haymarket”，实在要翻译成中文，就是“干草市场”。这个名字可能也与“波士顿”一样，与当时英国的某个地名有一定的渊源。美国人的饮食大多是汉堡包、面包和三明治等盒装食品或“快餐”类型，肉类居多，很少像中国人那样大量地吃蔬菜。所以“美国超市”里的蔬菜，尤其是“叶子菜”，不仅品种少，而且价格贵。有生活经验的华侨和留学生等，平素多半到“美国超市”去买肉类、牛奶和面包，到“中国超市”去买蔬菜、水果。但Haymarket的蔬菜和水果应该是最价廉物美又新鲜的。在这里，两美元能买到的辣椒，在其他超市可能要10美元。

红色的“自由之路”从Haymarket市场旁边擦过。中间会发现在一个下水井盖的旁边，地上凌乱地散落着一些菜叶子、果皮、纸屑等，还有几个丢弃的鞋后跟。粗看以为是菜市场的一些垃圾，仔细一看，原来是“有意为之”的“地上雕塑”，好比老市政府大楼院内驴子雕像前的那两只鞋印。美国人真有趣，不搞主旋律雕塑，偏把地上的垃圾、菜叶留作纪念。曾经看过一张介绍哈佛大学景点的照片：一个教授模样的人坐在石凳上看书，旁边地上是乱丢的饮料杯、树叶等，一片狼藉。估计选照片的人并非没有更好的选择，也许就是觉得这样才真实。

顺便要提及的是，法纳尔厅最初建成时，离海边较近。经过19世纪的“削山、填海、造城”运动，现在最靠近水边的新英格兰水族馆（New England Aquarium）离它已经有相当长一段距离了。水族馆旁边有各种各样的船，有旅游公司的普通游船，有私人的豪华快艇，也有去周边城镇，包括到查尔斯镇海军码头的通勤轮船。通勤轮船和波士顿所有的地铁、公交一样，统属麻州交通协会（Massachusetts Bay Transportation Association，MBTA）管理。最有意思的是，这里还有去大西洋深处看野生鲸鱼的项目，每人三四十美元。我和儿子曾经在这里登船参加此活动，来回三个多小时，很是刺激。

保罗·里维尔故居

保罗·里维尔是打响莱克星顿第一枪时，从波士顿去送信的那个人。当时派去送信的其实有两人，沿途传递信息的也有几十人。战争打响前，里维尔还在途中被英国兵抓住，并扣留过一小段时间。尽管如此，人们只记住了里维尔一个人。

也许是因为里维尔此前就很有名，他经历过波士顿惨案、倾茶事件等重大活动，加之他是一个雕版匠，在当时也算得上半个“出版商”或“媒体人”。他的不少铜版画，包括波士顿惨案的版画，一直流传至今。事隔八十多年后，大诗人朗费罗（Henry Wadsworth Longfellow）以一首脍炙人口的诗《里维尔的奔驰》（*Paul Revere's Ride*），更是让人们永远记住了他。朗费罗是霍桑、皮尔斯（Franklin Pierce）的大学同学，曾任哈佛大学教授，获得过英国牛津和剑桥两所大学的名誉博士学位，被誉为美国第一位专门的诗人。波士顿跨越查尔斯河的朗费罗大桥，就是以他的名字命名的。

保罗·里维尔故居（Paul Revere House）是一座灰色的木房子，墙上挂着一块不起眼的标牌。这栋木屋距今已有三百多年的历史，是波士顿现存最古老的建筑，也是波士顿现存最后一所 17 世纪结构的房子。保罗·里维尔在 1770 年他 35 岁的时候买下了它，供他和母亲还有 5 个孩子居住，这在当时算是上好的房子。他参加波士顿倾茶事件和令他名垂青史的“午夜奔驰”时，就住在这栋房子里。现在这里仍完好保留着当年的生活用品。走进故居的小院子，正对面就能看到一个很大的展品——里维尔的钟（Revere's Clock），这也是他政治活动最亮点的标志。

故居前面是一个小广场，地砖有点开始凹陷了。门前红砖过道上有几盏常年亮着的老式路灯。周边这一带号称波士顿的“北端”（North End）。殖民地时代的波士顿，有北端、南端和西端的三个近邻镇。它们以老州政府和法纳尔厅为中心，呈扇形展开，就像“三叶草”的三片叶子。19 世纪时，这一带是爱尔兰人、犹太人和意大利人等移民最初的聚集地。

里维尔是一个性格豪爽的人，爱交朋友，喜欢骑马，心灵手巧，当过银匠、雕刻师、印刷工。他先后娶了两个老婆，生了 16 个孩子。战争期间，他曾担任波士顿周边战斗中炮兵和骑兵的“基层负责人”，是“自由之子”和麻州共济会分会的活跃分子。美国取得独立之后，里维尔不仅出任公职，而且依然醉心于自己的工匠职业，他 1801 年开办了美国第一家铜加工厂，生产钟和大炮等铜配件。波士顿现在诸多教堂塔顶上的钟和风向标等，不少就是里维尔当年的杰作。他去世时享年 83 岁，在当时算是高寿，家族儿孙满堂。他的成功，是美国“小人物创造历史”的最好注脚。他对美国的贡献，不仅在于“午夜奔驰”这样争取自由独立的历史事件，更在于他积极参与新生的美国文化和工业的建设。

两盏照亮美国独立的“信号灯”

老北教堂是波士顿最早的基督教教堂，建于 1724 年。它的三层尖塔高58米，是波士顿最高的建筑。平素在远处，只能看到高耸的白色塔尖。这个尖塔曾在1804年和1954年两次被飓风吹倒。所幸的是，2012年那场横扫美国东部的桑迪飓风，对波士顿影响并不大。这个尖塔上当初的信号灯，翻开了美国历史上最辉煌的一页。

教堂前面是一个很大很长的院子，尽头靠马路边是里维尔骑马报信的高大雕像，感觉它比波士顿公园里华盛顿的骑马雕像还要高大、英武和生动。一人多高的高台上，里维尔头戴三角帽，身穿军队制服，策马飞驰。这尊雕像仿佛把人带回了1775年4月的那段历史：当时英军计划袭击位于波士顿郊外康科德的弹药库，并逮捕汉考克和亚当斯等反抗者。“自由之子”这个组织得知了这一阴谋，于是在该教堂尖塔上挂出信号灯示警，里维尔则连夜骑马前往莱克星顿报信。

里维尔雕像和老北教堂

从里维尔的骑马雕像向院子里走，两边是葱茏的树木。旁边的铁闸门那边，看得出是个学校。拾级而上，就到了老北教堂的面前。墙角有一个地方挂满了小方块形的祈福符，有点类似国内旅游景点的“同心锁”。墙上爬满了绿藤，旁边的青草中开满了各色的小花。

再往前走几步台阶，就绕着教堂的侧面到了它的门口，门口的路牌上画着两盏信号灯。原来在报信的那个晚上之前，里维尔就和朋友约好，敌人来时在老北教堂的顶上悬挂信号灯：英军从陆上来，就挂一盏灯；英军从海上来，就挂两盏灯。朗费罗的诗里写道：“One if by land，and two if by sea”。美国只要读过书的人，都会记得这一句话。我曾经在安德森法官家里聊天时，饶有兴致地说出前半句，他马上就会心地背出了后半句，逗得大家都笑了。

上面也提及，当时派去莱克星顿送信的其实有两人，沿途也有几十人在奔走相告。另外一个骑马送信的人叫威廉·道斯（William Dawes），取道的是另一条路线。道斯是个制革工人，因为此前经常骑马去农村收购兽皮，所以他对剑桥这一带的情况和路线非常熟悉。加之他没有里维尔那么出名，不容易被英军认出来，所以很有送信的优势。那天晚上，很可能他比保罗·里维尔更早地到达康科德，将英军即将前来袭击的消息送达了当地的民兵。里维尔则在出发前因为忘记带马刺耽误了一小会儿，途中还被英军暂扣过一段时间。

但是，历史就是这样，人们只记住了里维尔。于是就有人借此进行调侃和搞笑，模仿朗费罗那优美诗句的语气和韵律进行杜撰。朗费罗的英语原诗是“Listen，my children，and you shall hear；Of the midnight ride of Paul Revere”（仔细听，孩子，你就会听到，听到保罗·里维尔的午夜奔驰），人们将之杜撰为“Listen, my children, while I pause; And you shall hear of William Dawes—”（仔细听，孩子，待会儿，你会听到威廉·道斯——）。

炮台与墓地

考普山墓地（Copp’s Hill Burying Ground）在老北教堂后面的山包上，原是英军的炮台。与美国其他地方的墓地一样，它也是一块大草坪，只不过地势较高，占据波士顿北边的最高点。在横平竖直交错的人行过道两旁，立着排列整齐的低矮薄碑，间或也有一两处家族共用或者富贵人物的墓地被划定范围，立有较为高大或者有台座的尖顶方碑。

墓地很大，建于1659年，是殖民地时代波士顿最大的墓地，站在这里，可以俯瞰查尔斯河。在作为墓地之前，这里曾是风车山（Windmill Hill），邦克山战役前被英军用作炮兵训练基地。英军曾在邦克山战役里以此为据点攻占了查尔斯镇。墓地的名字，是以捐赠这块土地的主人——修鞋匠威廉·考普（William Copp）的姓氏来命名的。

这里埋葬着当时住在波士顿北端一带的商人、牧师、艺术家和手工业者，也有一些当时的名流，如参与过塞勒姆女巫审判（Salem Witch Trail）的严格清教徒主义者英克里斯·马特（Increase Mather）和科顿·马特（Cotton Mather）父子，第一个黑人共济会（Black

Masonic Lodge）——后来被称为“共济会普林斯霍尔分会”（Prince Hall Masons）的创始人普林斯·霍尔，美国海军宪法号军舰的建造者埃德蒙·哈特（Edmund Hartt），还有里维尔送信那个晚上，在老北教堂尖塔上悬挂两盏信号灯的教堂杂役罗伯特·纽曼（Robert Newman），以及当时住在附近，已经获得自由的上千名黑人。波士顿是全美国最先废奴的地方，当时的麻州宪法规定：“所有人都生而自由平等。”

关于这个墓地有一个传说，说是当年的英国统治者最不喜欢一个叫丹尼尔·马尔科姆的船长（Capt. Daniel Malcolm），他是一个有名的“爱国者”，经常贩卖茶叶和走私酒类到波士顿。在邦克山战役之前他就去世了。临终前他叮嘱家人，要把自己埋在这里一个深挖 3 米的石坑中，以防英军的子弹。结果没想到，后来英军竟然像猜谜一样地发现了他的墓碑，并用作训练的靶子。

细看考普山墓地过道两旁墓碑上的记载，发现很多 19 世纪中晚期以前的死者，竟然很难超过四十岁，多数都是二三十岁，甚至有不少夭折的幼儿，最小的一个只有六个月。偶尔见到有六十岁以上的，也都是 19 世纪晚期以后去世的。不禁感叹美国墓地所体现出的“平等”和“包容”，感叹科技和医疗进步带来的人类寿命的延长。

“老铁打的”宪法号军舰

环绕波士顿东北部的查尔斯河，称得上是美国的一条“幸运河”。不仅名冠全球的两所顶尖大学——哈佛大学和麻省理工学院坐落于其河畔，而且它的滋养令这里人杰地灵，使波士顿成为名副其实的风水宝地和“山巅之城”。莱克星顿第一枪、邦克山首捷、宪法号军舰（U.S.S. Constitution）、肯尼迪总统、民权领袖马丁·路德·金、世界上第一条电话线，等等，都与波士顿有着深厚的渊源。

据说，查尔斯河是1615年英国国王查尔斯一世（又译“查理一世”）以自己的名字命名的。当时这位年轻的国王，面对一张新英格兰的地图，可以随意命名任何东西。他看到这条河被探险者报告为“宽嘴”，就猜想那一定是一条很长的河流。其实，查尔斯河从源头到波士顿入海口，蜿蜒曲折近一百三十公里，但直线距离却不到五十公里，远不到全长的一半。

2012年是1812年英美大战200周年。刚到波士顿，伍教授就热心地建议我海港节期间带儿子去查尔斯镇，届时有军舰和飞机表演，小孩子一定喜欢。宪法号军舰就是在查尔斯镇建造的，现在停靠在查尔斯镇海军码头（Charlestown Navy Yard），是目前世界上正在服役的最古老的军舰。

果不其然，7月4日独立日的前几天，波士顿的地铁和公交车上，穿美国海军服装的军官和士兵明显多了起来。他们英武谦恭，一个个都像年轻版的“肯尼迪”。于是我们就去查尔斯镇的海军基地游玩，看宪法号军舰。我逗儿子说，一艘军舰的名字能叫“宪法”，肯定很了不起。要知道宪法是所有法律的“母亲”，其他法律都是她的“儿子”。就像你的妈妈一样，这艘军舰是其他美国所有军舰的“妈妈”。

尽管来之前也看了一些介绍，但一开始我们并不知道哪艘军舰是宪法号。反正这里停靠了很多军舰，场面非常热闹，游人也很多，就边走边看吧。我们跟着游人和负责讲解的军人，这里看看，那里摸摸。因为是英语讲解，而且几乎没看到中国人，反正听得懵懵懂懂，也不好意思多问。后来看了很多书和资料，才知道这里就是“二战”期间美国海军军舰的制造地。据说最多的时候，有5万人在这里建造和修理成百上千的船只。这里是美国历史上第一个造船厂或船坞。

首先看到的是博物馆门口不远处一艘很高很长的军舰，停靠在一个没有水的巨大长方形水泥池中。整艘军舰都是银灰色的，很现代化，上面装有很多的机枪、大炮。这是典型的样本式军舰，名叫“卡森扬号”（U.S.S. Cassin Young）。在另外一艘很长很大的军舰上参观的时候，我和儿子目测了一下，它足有百把米长，而且好像是一艘从外地刚开过来的军舰。看到甲板上那些密密麻麻的圆洞，我问一个海军小伙子那是干什么用的。他边打手势边介绍说，它是飞机降落时用来固定和“抓扣”的。

这时，不远处的海面上，正好有架直升机在进行搜救表演。飞机先是一步一步地放下绳子，把搜救员放到海里，然后再把搜救员和被救者一步一步地吊上去。直升机在上空盘旋着，发出“哒哒哒哒”的声音。一艘有三根桅杆的军舰上面，高大的桅杆上挂着大大小小的美国国旗。军舰旁边的平地上，几个海军士兵正在进行发炮表演：先把炮推出来，然后装炮弹，最后一个指挥的人一扬小旗，随着一声“Fire”，士兵点火，引线冒烟，随即就是“嘭”的一声巨响。

整个过程动作非常标准，有条不紊，整齐干练。后来才知道，这一艘就是宪法号军舰。

这艘军舰1797年正式下水服役，这一年华盛顿总统正好任期届满。它之前建造和试航，用了整整四年。它的船体由常绿橡树、硬木松和红雪松打造。它的铜制紧固件和底部的铜包皮，据说都出自里维尔之手。它的建造者就长眠于查尔斯镇大桥对岸的考普山墓地。

宪法号军舰是一艘“超级三帆护卫舰”。与众不同的构造和技术，不仅使它速度一流，而且能比其他护卫舰承载更重的枪炮弹药。它的最高时速可达13海里，最多时船上有500个船员。服役期间，它参加过反法战争（1797—1798年）、反海盗战争（1801—1805年）和1812年战争，几乎战无不胜，屡立奇功。1812年战争中，英军曾经打到华盛顿首府并火烧白宫。宪法号军舰在这场战争中，成功地跑过了追逐它的五艘英国军舰，还击沉了好几艘。有一次，它大胜英国军舰“Guerriere”号，很多炮弹打在它身上都被弹开了，以致英军船员大声尖叫：“哇！它的边是铁打的。”于是，宪法号军舰因此得了一个昵称——“老铁打的”（Old Ironsides）。

退役后，它曾经到过一百多个美国港口，接受数百万人的瞻仰和参观。1997年它200岁生日时，得益于全美50个州中小学生捐献的“零花钱”，又以每小时6海里的航速，重新扬帆起航。现在，它仍然是一艘保持70个船员编制的现役船。

这里设有博物馆，陈列有宪法号的建造、航行与维修等方面的资料。无须买票，进门前记得在一个募捐箱里投点钱就可以了。博

我在问海军这些洞是做什么用的

宪法号军舰入口处

物馆里有很多音像和实物展览，比如船员的生活、打仗的场面等。其中有个有趣的参与性活动，一个类似超市抽奖的那种转盘，可以“预测”一下你当海军的最后结局：有功成名就、升官发财的，有衣锦还乡、娶妻生子的，有继续去大学深造的，有自找工作自谋职业的，有写书纪念并出版的，有战死的，有被俘的，等等。我随手转了一下，结果发现那个指针指着的地方竟然是被俘！

海港节期间有很多卖快餐的，主要是越南食物，也有中国的大米盒饭。于是我们就买了快餐，到旁边一个树林里的石凳上去吃，以躲避太阳。波士顿的烈日相当厉害，一不小心就被晒得皮肤发疼，但一躲到树荫下，又觉得有点太凉。这处林子和草坪，其实就是朝鲜战争和越战纪念广场，碑上刻着珍惜和平、不要忘记战争的提示。

美国人对上世纪这两场战争，是最为伤痛和不敢忘却的。我还曾在波士顿市内的其他地方多次见过此类的朝鲜战争和越战纪念碑，如东北大学与芬威球场之间的那个公园、昆西总统广场旁边的红线地铁“昆西中央”（Quincy Center）出站口，等等。旅游时到华盛顿首府，不用说，也看到了大型的越战群雕。或许这与我们中国人当年“抗美援朝”、“抗美援越”的英勇功绩，也有一定关系，相信美国人不会忘记这一点。记得去美国之前的一次聚会，一位中国法官即兴点唱了《上甘岭》的主题歌《我的祖国》，说是献给在座的波士顿法官朋友。“一条大河波浪宽，风吹稻花香两岸。……”随着优美的旋律和雄壮的歌声响起，我跟一个美国女法官开玩笑说：这可是我们中国人“抗美援朝”的歌。她哈哈大笑，连说：我们永远是朋友！

后来我又去过好几次查尔斯镇海军基地，有时是从新英格兰水族馆前面坐通勤轮船去，有时是从橙线地铁“North station”站下，再从 TD Garden 旁边的查尔斯镇大桥（Charlestown Bridge）步行去。

自由之路的终点：邦克山纪念碑

乘坐橙线地铁，出“社区学院”（Community College）站，对面的大草坪边用四季青修剪成四个大写的英文字母——“BHCC”（邦克山社区学院，全称为 Bunker Hill Community College），大楼上也写着学校校名。远处能看到一座高大挺拔、箭头一样直指天空的方尖纪念碑，那就是全美赫赫有名的邦克山纪念碑（Bunker Hill Monument）。有一次，我抽空从邦克山社区学院的校园穿过，接着往它后面的坡街走，直接把纪念碑当成最醒目的“路标”，很顺利地就来到了它的脚下。

这座纪念碑从 1825 年奠基，到 1842 年建成，历时 17 年。它由白色花岗石建成，高 67 米。仰望尖塔，壮观雄伟，一点也不逊于白宫对面那座尖塔纪念碑。据说揭幕那天，万人空巷，场面十分壮观。

纪念碑位于坡顶，四面是斜坡草坪。西面脚下的广场上立着邦克山战役的民兵指挥官威廉·普雷斯科特上校（Colonel William Prescott）的铜像。他站在高高的碑台上，手里拿着短剑，正在奋力拼杀。他那句“不要开枪，直到看到他们眼睛里的白色为止”（Don't fire until you see the whites of their eyes），成了美国历史上震撼人心的绝响。

1775年6月17日，一个星期六的安息日，一场非常惨烈的战斗在这里打响了。当时英军投入了3000人，借助海边的大炮，疯狂地向设防在这里的殖民地民兵发起攻击。民兵两次打退了英军的进攻，并且展开了肉搏战，最后因力量悬殊，弹药不足，只好撤离。这次战斗英军伤亡约一千人，波士顿民兵伤亡约四百人。英军的军官伤亡近八十人，民兵军官约瑟夫·沃伦（Dr. Joseph Warren）也壮烈牺牲。虽然英军最终占领了山头，民兵被迫撤退，但这次面对正规军取得的战绩，展示了由手工业者、匠人、农夫和商人等自发组成的民兵的力量，极大地鼓舞了美国民众取得独立战争胜利的信心。

这一天，约翰·亚当斯在费城满怀激情地写信给他的夫人艾碧该，告诉她大陆会议在几天前已经决定组建军队，并任命华盛顿将军为总指挥。华盛顿将军不日即可来波士顿，带兵和整肃军队。

也是在这一天，艾碧该听到隆隆的枪炮声，担心前线战友的安危，寝食难安，手里抱着年幼的儿子，爬到自家的屋顶，或者跑到不远的山顶上，从昆西那边眺望北边的战场。她手里抱着的儿子，后来成为美国的第六任总统。她在第二天写给丈夫的信中，将这一天称为"决定性的一天"，并告诉他沃伦牺牲的消息。两天后她又写信说："波士顿人的精神状况很好，查尔斯镇的失败，对他们而言，不过是桶里漏掉的一滴水。"

雄壮的邦克山纪念碑

邦克山纪念碑东北面地上红色自由之路的终点

邦克山战役在美国独立战争中，可以说是第一场“大胜仗”。但据史料记载，邦克山战役其实不是在这个地方打响的，真正的战场是比这个山头更矮、更靠近海边的布里德山（Breed Hill）。但这里是波士顿民兵最初设防的地方，当时英军的作战地图上也标出了这个山头。不知为什么，英军后来临时改变了战斗的地方。后人便将错就错，在这里修建了纪念碑。真正的战场原址，已经变得不是十分重要了。

有次在这里碰到一个美国的摄影记者，他还津津乐道地与我聊起这件事。美国的很多地方和书籍似乎并不忌讳，也不去指出或纠正这种“错误”，而把它当成一种轻松、幽默的调侃或调剂。查看网上的“有道词典”，干脆直接把“Battle of Breed’s Hill”翻译成“邦克山战役”，它和“Battle of Bunker Hill”已经是同一个意思，无须加以区别。

站在纪念碑所在的坡顶，感觉查尔斯镇海港就在山脚下，能隐约听到海港里的轮船声和公路桥上传来的汽车嘈杂声。邦克山大桥（Zakim/Bunker Hill Bridge）那高耸入云的人字形桥塔和浓密拉索，尤其格外显眼。远处那栋蓝色玻璃的汉考克大厦，看起来也是格外澄澈。

回头再看那条红色小路，一头向着查尔斯镇海港的东北面延伸，一头在纪念碑下面的一个游客接待室前终止。红色小路的尽头，地上是一个“自由之路”的圆形徽标。这是“自由之路”的终点，也是美国独立战争取得首捷并不断走向胜利的起点。

第三章　小学教育散见

说到小孩，不禁使人想起春天的嫩芽和花骨朵，那含苞欲放的样子。

初春的早晨，我每天去湖边晨练。刚开始，四周依然冰天雪地，但几天后，慢慢地发现湖中的鸭子开始拍打着水面，发出“嘎嘎”、“嘎嘎”的叫声。它们似乎放松了很多，不再像冬天里那样“瑟缩”着。一天又一天过去，尽管天气还是很冷，但明显感觉，风已不再那样刮脸刺骨了，似乎少了几分“杀气”，再也不是之前发狂怒吼、横扫一切的寒风了。湖水也开始“活”过来了，偶尔一阵风吹过，一小块一小块的湖面泛起微波涟漪，缓缓荡开。又见各家房屋前面的干枯草坪上，开始露出一点一点朦胧的绿，远看着有，近看着又像没有。

报纸上开始有人在说：“伙计，我看到春天了，它在波士顿！”有一天在地铁站，我无意中看到旁边的树上，原本被冰雪摧残得萧索落寞的小枝丫，不知什么时候已经鼓出很多红色的“小点”，而且满树都是。一种从未有过的生机和力量，扑面而来。

过了几天，树枝上的那些小点点状的嫩包，都憋足了劲，就像小孩子涨得通红的脸，又像一个个使劲捏紧的小拳头。再后来几天，那些逐渐展开的嫩芽细叶，反而显得柔软、散漫了许多，已经没有了先前的那股“劲”。新事物具有强劲的生命力，而且必将取代旧事物。但在开始的时候，新事物又是那样的脆弱和娇嫩。

你看，你看，这春天不就是孩子的脸？！

摩登教育中心和塞勒姆伍德学校：“鼓励式”教育

摩登（Malden），或译成“马尔登”、“莫尔顿”或“莫尔登”等，是大波士顿地区的一个市，处于小波士顿即“波士顿市”的西北部，位于半市郊的位置。这里与波士顿市中心很近，从我住处到东北大学的办公室，走路和坐地铁时间加起来都不到三十分钟；到哈佛、麻省理工、波士顿大学、波士顿学院，或者更远的麻州大学波士顿分校等，走路和坐地铁含转乘，最多也不过四五十分钟。

摩登市总人口六万多，美国本土白人约占总人口的四成，非裔、西语裔和亚裔各约占两成。这里移民较多，除了租住的访问学者和大学生外，高学历的居民不多，“低收入者”几乎占到六成——年收入两万美元以下，在当地就可以归入“低收入者”。一般的访问学者和中国留学生，都是典型的低收入群体，却不在补助受惠者之列，因为政府有规定，没有住满一年的，不能申请补助，而且具体的补助标准，需要根据家庭人口等多项因素来加以确定。

摩登这个学区有七所公立学校，除一所高中（High School）、一所幼教中心外，还有五所“K-8”的初级学校（Elementary School）。每所初级学校，都设有学前班（Kindergarten）、小学（Primary School，1—4 年级）、初中（Middle School，5—8 年级）。公立学校的学生有六千多人，老师有四五百人，师生比例大约为 1∶14。

这五所初级学校，教学质量其实没有好和差的区分，报名时只是根据学生的英语熟悉程度，以及住房与学校的远近来安排。国内小学五年级在这里算“初中生”，但还是与低年级学生在同一个学校，没有很大的区别。12 岁在波士顿是一个界限，法律规定 12 岁以下的小孩不能单独待在家里或车上；在马萨诸塞州，12 岁以下的小孩乘坐公交是免费的，12 岁以上就要买票，不过有学生优惠价。

好多来自中国的访问学者刚到时，为了让孩子受到更好的教育，就以国内“学区房”、“找关系”等思路来理解这里的入学安排，千方百计地想把自己的孩子送到“好学校”去。慢慢了解情况后，也就释然了，懒得再去折腾，随便哪个学校都行。

我住处旁边就有一所学校，规模不大，生源一般是母语为英语的学生。它的作息时间较为独特，上学时间比其他学校要晚一点（早上 8 点 30 分），放学时间比其他学校要早一点（下午 2 点 30 分）。考虑接送方便，如果能就近入学当然是最好的，而且也可以让儿子更加“美国化”一些。但我们这些访问学者的孩子，因为母语不是英语，最后都被分到了另一所国际学生较多的学校——塞勒姆伍德学校（Salemwood School）。

刚到波士顿不久，我就去摩登教育中心为儿子办理入学手续。摩登教育中心位于摩登市政中心一楼，墙上贴了很多鼓励小孩子的名言警句和图画，非常通俗易懂、形象生动。比如："你不能改变你的过去，但你能改变你的将来。"（You can't change your past, but you can change your future.）其中那个"but"，单占一行，写在中间位置，显得格外醒目。又比如："注意你的想法，它们会变成你的言语；注意你的言语，它们会变成你的行动；注意你的行动，它们会变成你的习惯；注意你的习惯，它们会变成你的性格；注意你的性格，它们会变成你的命运。"这些英文每半句一行，逐行由上至下地排列着：

Watch your thoughts,
they become your words.
Watch your words,
they become your actions.
Watch your actions,
they become your habits.
Watch your habits,
they become your character.

最后画了一个菱形的方框，里面用醒目的字体注明：

Watch your character,

it becomes your destiny.

让我印象深刻的还有墙上关于“尝试”（try）的两段话。

一段话是：“正因为有些事很难，你才不应该放弃去试，而应该更努力地去试。”整段话从上到下依次排列，其中“difficult”、“TRY”和“harder”分别各占一行，独立地放在中间：

Just because something

difficult,

does’t mean you shouldn’t

TRY.

It means you should just try

harder.

另一段话指示了“成功的10个步骤”（The 10 Steps To Success），它是这样描述的：“第一，试；第二，再试；第三，更多一次地试；第四，有点不同地试；第五，明天再试；第六，试并请求帮助；第七，试着去找到以前曾做过的人；第八，试着确定是什么不管用；第九，试着确定是什么才管用；第十，一直试下去。”这

10 个步骤用英文从下往上写着：

10. Just keep trying.

9. Try to determine what is working.

8. Try to determine what is not working.

7. Try to find someone who's done it.

6. Try and ask for help.

5. Try it again tomorrow.

4. Try it a little differently.

3. Try once more.

2. Try again.

1. Try.

这两段话对孩子的教导是：遇到困难，要勇于尝试；试了再试，一次又一次地去试，不要怕失败，但要不断总结和改变方法，并且学会忍耐和等待。

儿子去了塞勒姆伍德学校后，我经常接送他。塞勒姆伍德校园内，也写有不少励志和指导性的标语。学校教学楼中间天桥的玻璃上，用彩色马克笔大大地写着："今天的失败，并不妨碍你是明天的奥巴马。"我想这对于那些学习较差的孩子，尤其是某方面有劣势的孩子，无疑是最好的鼓励。

其实所谓好和差，是相对的。比如我儿子，在国内几乎每个学期都是三好学生，到这里却是全英语上课，肯定要吃力很多，需要一个适应的过程。为了帮助提升学生的英语能力，老师每天都要给他们班上几个英语基础较差的同学，补习半小时到一小时的英语。儿子把他所在的这种班称作“菜鸟班”。我就笑他：“你也是‘菜鸟’啦！”他坦然地说：“那当然。即便是‘菜鸟’，也没什么关系。”

学校秉承这样一种教育理念：学习是带有乐趣的探索和应用过程，而不仅仅是枯燥的考试和分数，更没有排名。老师给儿子的作业或课程评语，都是表扬和鼓励的话。时间久了，我故意问儿子：“你们学校又不公布分数，又不排名次。学得好学得不好也没人知道，那岂不是调皮捣蛋也没关系？”儿子说：“调皮可以，捣蛋不行。”他接着解释说：“捣蛋的学生经常会被带到另外一个教室，在那里待上半小时或者一两个小时才准回来。”当然，这样的处理没有体罚什么的，就是给学生一个信号，一个提醒：你是违反了纪律来这里思过的人。很有意思的是，那个教室经常有不同年级去思过的人，大家到了那里虽然没有受到任何批评和惩罚，但不知怎么就“乖”多了。犯错情况特别严重的，老师就会通知家长，甚至会惩罚一两天不准去学校上课。我撺掇儿子哪天也去试一下违反纪律思过的味道，他说：“才不呢！”

学校采用鼓励式和探究式教育。记得有一次儿子班上举行公开课，老师要每个孩子写一篇关于自己家庭的文章，然后坐到前面当众朗读，之后是回答提问环节。每个同学和家长都可以提问题。老师则在一旁总是说着“不错”、“不错”之类的话。胆量也是“夸”

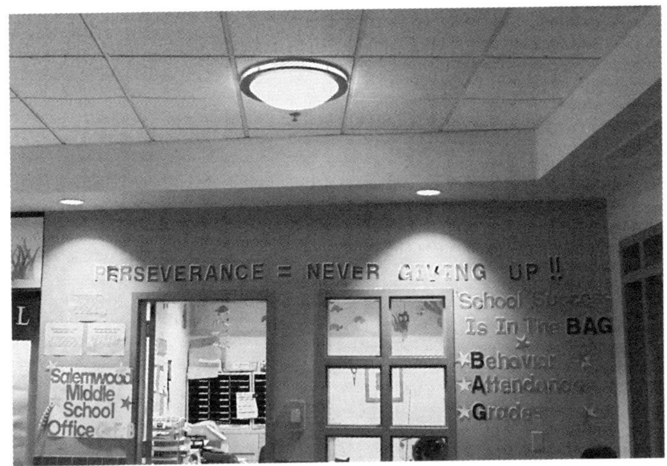

贴满励志标语的学校办公室

踊跃的课堂讨论

出来的。有一个西班牙裔的学生，紧张得满脸通红，甚至身体都有点颤抖，他的母亲和一个阿姨在旁边，一个劲儿地给他打气，竖起大拇指表扬他是如此的大胆和勇敢。儿子倒不是很紧张，但念完文章后就迫不及待地想“溜”回自己的座位，结果被老师和同学们，又是鼓掌又是起哄地给笑着“拦”回去了。

再比如算数。儿子讲他们数学课上，一个简单的2乘2等于4的问题，老师在黑板上要演示半天，还要同学们上去讲，折腾了40分钟一节课，仍有几个黑人同学没搞懂。在儿子看来，美国的数学课也太小儿科了。不过他承认，算数成绩最好的，还是一个美国孩子。美国人为什么把我们一秒钟就能用“乘法口诀”解决的问题，那样不厌其烦地反复演示，讲解和讨论呢？其实就是在告诉学生各种不同的方法和途径。用乘法口诀计算速度是快，但把计算的过程和乐趣给省略掉了。美国人不太讲究心算和速算，也许在他们看来，根本就没有必要，有计算器和电脑就行了。波士顿一些华文报纸，经常强调中美教育中这个很重要的不同点。

小学课本中的诚与真：问题比答案更重要

语言其实不仅仅是语言，而是文化。不要以为在国内英语考试得了高分，来波士顿就没问题了。没有相关的文化背景知识，英语交流照样有困难。

因此一到波士顿，我就迫不及待地想看一些关于波士顿和美国文化的原版书。在波士顿，想买有关当地教育和文化的中文书，既不太可能也觉得没必要。既然是出国来访学，就要尽可能多地利用“原汁原味”的英语资料。结果去书店买了几本英文书，到东北大学图书馆和哈佛大学图书馆也去了几次，但每次看不到几页或者几十页，我就没有兴趣继续往下了，还是觉得没有阅读中文的那种快感。

没想到有一次，碰巧翻看儿子带回来的课本，竟“发现”了图文并茂的好处。儿子的课本都是精装的“大部头”，是一届又一届学生共享使用的。不能在上面画写，也不能随便带回家。只是偶尔作业较多，老师会要他们带回来做作业用，第二天必须交回。偶尔也会处理不用的旧教材，将之发给学生留作纪念。公立学校的中小学生不用交学费，也没有买教材的说法。

课本尽管都是全英语的，但那些生动有趣的故事和互动性的编排，让我对“小孩书”产生了浓厚的兴趣。后来我就在做饭烧水的间隙，在睡前的台灯下，边翻边看，饶有兴趣地读完了五六十本适合中小学生阅读的书，包括美国开国元勋以及波士顿历史名人的故事，比如华盛顿、亚当斯、里维尔、汉考克、富兰克林、肯尼迪、杰斐逊、麦迪逊，等等。这些书一般都在一百页左右，或者更薄，有插图，有旁注，还有搞笑式的“小花絮”。书后还有索引和参考文献等。同样的主题，不同的书上有不同的写法，对比着看更有意思。

华盛顿砍倒樱桃树，是美国历史上关于华盛顿总统的一个小故事。这也是国内用于教育孩子要诚实时，常常会提到的一个历史故事。儿子的一本书里介绍，这个故事其实是传记作者为了抬高华盛顿的形象而虚构的。真没想到，美国人自己出版的书，竟然这样大胆地不顾总统的面子和形象。但后来看了越来越多类似的内容，也就见怪不怪了。而且不知怎的，即便得知了这些质疑和真相，感觉丝毫也不会影响华盛顿总统的伟大，反而更增添了几分亲近。他不是神，他也是普普通通的人。不同的只是，他成就了我们一般人所没能成就的伟大事业和历史功勋。

另外几本写华盛顿总统的书，也都涉及他的“个人隐私”和“缺点”，比如他小时候得过天花所以不能生育，但把妻子带来的继子女视为己出；比如他的母亲其实不是一个有修养、有爱心的人，除了向华盛顿要求物质外，从来不曾为他而感到骄傲。华盛顿从小受哥哥的影响，与母亲并无很深的感情，后来除了供养母亲并给她修了房子，自始至终都没有介绍她与他心爱的妻子见过面。而且，华盛顿的牙齿很不好，人们常见的华盛顿的画像，总是紧闭着嘴巴，尤其是 1 美元面值钞票上的那个头像。据说当年画像时，他的牙齿不仅疼，而且差不多全都掉光了，因此便有一本专门的书，就叫《华盛顿的牙齿》(*George Washington's Teeth*)。因为华盛顿一心只想当个农夫，于是又有一本书叫《农夫乔治种植一个国家》(*Farmer George Plants A Nation*)。

这种“揭短”式的描述，可谓比比皆是，如汉考克的脚疼、肯尼迪的背疼、约翰·亚当斯的秃脑门、富兰克林的大肚子、塞缪尔·亚当斯的卒中后遗症、麦迪逊小时候的口吃，等等。这些有趣的逸事，在我们通常看来，顶多只是一些“野史”，是拿不上台面的，但在美国，童书对于孩子竟然这样的没有遮掩，这也是一种求真的科学态度吧。我们历史上一些著名人物的故事，如果用美国的风格来讲，不知是何状况。

讲到波士顿倾茶事件，课本要求学生模拟当时的场景进行辩论：一方是赞成收税的，认为既然需要英王保护，就要纳税，就像我们中国人说的“皇粮国税”，天经地义；另一方是反对收税的，认为既然英王和官员不是由他们选举出来的，他们没有代表权和选举权，所以就不需要纳税，即“无代表，不纳税”。课本里并没有所谓的标准答案，也不以此来灌输“革命思想”，好像故意有点“观点不明确”似的。事实上，当年倾茶事件发生时，确实存在这样两种不同的声音。邦克山战役后，华盛顿将军到达波士顿，在南端的多彻斯特高地架起大炮，迫使英军在1776年3月17日撤出波士顿时，撤走的不仅有英国的军队，还有不少拥护英王的老百姓。

有次看儿子的地理书，谈及地质构造、地壳运动时，介绍了大陆漂移说、板块说等，就只是告诉你有这些学说存在，没有一个定论。我觉得很有意思，这反而增加了孩子们的学习兴趣。没有兴趣和好奇，就很难有真学问。而兴趣，正是从“疑问”开始的，学问就是“学着问”。

不光中小学生课本是这样，我在波士顿看到的其他书，也是这样。美国人的一个特点，似乎就是“不说真相会死”。其实这种真相，也只是他自己理解并认同的那种真相，很难说是完完全全的“客观事实”。但这对他们来说，似乎并不重要。这种喜欢刨根问底，喜欢幽默搞笑，甚至“有点卖弄”的风格，尤其体现在波士顿有关“自由之路”的很多书籍，或者资料介绍中。

比如里维尔那次午夜送信，到底是不是喊的“英国人来了！”（The British are coming！），不同的书就有不同的提法。朗费罗的诗里说到，里维尔说如果“英国人”来了，就在教堂上挂上信号灯，他在对岸看到后就会立马去报信。朗费罗诗里用的词是“英国人”。最初倡议设立“自由之路”的那个新闻记者，在1974年一本关于“自由之路”的专著中，也写道他喊的是：“英国人来了！”但波士顿专门介绍“自由之路”的最新官方旅游指南，竟然特意在边注里，以“极其不正常”的小标题提示：里维尔当时不可能喊的是“英国人来了！”，要喊，也只可能是“正规军出动了！”（The Regulars are out!），因为波士顿人那时把英国兵称作“正规军”、“龙虾背”或者“红背心”，当时还没有美国，敌我双方都是英国人！还有人说朗费罗诗中的描述是不准确的，信号灯并不是给对岸的里维尔看的，而是用来提醒查尔斯镇人的。一次简单的骑马送信，一句简单的喊话，被搞得这么复杂，也真佩服美国人的耐心和“小孩子气”。

突然发现，即便是学习如此严肃的美国史，原来也可以采取这样一种轻松的方式，不光是记年代，背知识，还有一探究竟的乐趣。我们不得不承认，这样确实让历史变活了，变得更有趣了，当然也更有“教育意义”了，而不是“被弄糊涂”或者“被糊弄”了。至于“到底怎样”，相信每个人都必须学会，也必定都会，作出属于自己的正确判断。现在的美国小孩，可以说只要读过书的，几乎都知道里维尔的午夜奔驰，这或许也算是令其“深入人心”的重要原因吧。

还记得刚到中南大学原来岳麓山下的本部校园时，看到陈国达的铜像底座写着“大地之子”，说他和李四光俗称地质学界的“南陈北李”。我很纳闷，问一个朋友：“不是李四光找到的石油吗？陈国达的地质理论，既然与李四光的不同，岂不是没有意义了？！”朋友笑着回答说：“按照他们两个不同的理论和方法，都找到了石油。”这对我这样一个长期相信“标准答案”的人，确实是一个不小的冲击。

在大学当老师，经常遇到一件头疼的事，就是刚经受高考选拔而来的大一或者大二学生，总是问我：“老师，你指定的这些参考资料，各自写的都不一样，我到底该听谁的？！”我笑笑，说：“谁的都不听，听你自己的。”在应试教育体制下，孩子们习惯了唯标准答案马首是瞻，一切以教材为准，难怪我们的教育，始终困惑于“钱学森之问”。

在美国人的教育理念里，问题比答案更重要。人们经常听到“好问题”或者“好主意”的鼓励，但很少听到“好答案”的赞语。的确有时是发现问题比解决问题更重要。我们很多时候，并不是找不到答案，或者找不到解决问题的办法，而是根本就不知道问题在哪里，甚至根本没有意识到问题的存在。

授之以鱼，不如授之以渔。抓住哪条鱼，也许不是最重要的，最重要的是抓鱼的方法和过程。学习也是如此。方法和过程，往往比结果更重要。何况，好结果也未必就是“好结论”。结论只是相对的，它是迈向更高更远的新起点。这种理念其实给人信心，也带来了继续探究的乐趣。

比如写作，在国内，作为一个大学老师，我一直认为写书是一般人难以企及的事。但看了儿子的写作课本后，发现写作其实就是一个分享的过程，只要你自己不说谎、不恶意，怎么想就可以怎么写。“作家”一词，在美国的中学课本中，竟是那样的稀松平常。事实上，一个田纳西的农民，因到过中国几次，就成了旅游世界的“畅销书作家”。没有人怀疑他的能力，也从不问他的出身。

儿子得到一本处理的“大部头”旧课本，是关于写作的，里面讲道：“什么是作者？作者就是任何写作者。你就是作者，或者匆匆记下一条信息，或者写一封信，或者编写一个故事，或者起草一份报告。”课本里介绍，写作有三种类型，即提供信息、创造、表达你自己，写作有五个步骤，需要一一地去训练：

（1）写作准备（Prewriting）* Getting ready to write；

（2）写作（Writing）* Putting your ideas on paper；

（3）改进（Revising）* Making changes to improve your writing；

（4）审读（Proofreading）* Looking for and fixing errors；

（5）发表（Publishing）* Sharing your writing with others。

当然，这里的发表，并非我们通常理解的在报刊上发表或出版书籍，而是建议用大声朗读、磁带录音或者黑板报之类的方式，来和别人分享你写的东西，听取或者观察别人的反应。这是写作最重要的组成部分之一。

还有一本阅读课本，每篇课文前面，总有相关的“艺术中的故事”，要你看着一幅相关的艺术图画，猜想和回忆一些相关的知识。文后设有“问题和活动”（Story Questions and Activities），需要你回答或者尝试着写信、画画，或者实践课文中提到的存钱、查找地图等活动；还有学习技巧（Study Skills）和能力测试（Test Power），总是不忘温馨地告诉你一些考试小窍门（Test Tips），如仔细审题、慢读、细看、找关键词等。尤其有趣的一个环节，就是“会晤作者”（Meet Author & Writer），一般放到文前或者文后。标题直接就写“会晤某某某”，名字不带任何职称、头衔等，并配有作者照片，随后介绍其兴趣、爱好、名言、近况、成就和其他著作等，描述一般都很人性化、很真实。总是不忘告诉你，关于他或她生活中的一些小故事。末了，总要写到现在作者住在某某地方，和其某某亲人，还有宠物猫某某或者狗某某等一起生活。这样无形中就拉近了你与作者的距离，加深了对其文章的理解，读者也就不再感到作者那么遥远、陌生、神秘和难以企及了。

还有就是，儿子书中的插图，经常有一些牙齿长得不好的孩子或者残疾孩子的身影，并非国内传统教材上多见的“阳光男孩”或“清秀女生”。这也算是“求真”的表现吧。

图书馆、博物馆、社区活动：课外阅读和动手训练

一个国家的教育投入，也许不光要看投到学校里面的人力、财力、物力，还要看投到学校外的资源，比如图书馆、博物馆、文化

馆等。刚到波士顿，印象最深的就是图书馆和博物馆的数量之多，规模之大和使用之方便。

整个大波士顿地区的公共图书馆都是联网的，你可以在任何一个图书馆借书和还书。如果只是看书，任何人都可以随意进去，不需任何手续和证件，也不用担心被盘问和审查。只有办理出借手续才用得着借书证。借书数量是不受限制的。当然，如果是私立的图书馆或者私立大学的图书馆，则需要借书证刷卡才能进去，比如哈佛大学和东北大学等。波士顿唯一的公立大学是马萨诸塞州立大学波士顿分校。

位于卡普利广场（Copley Square）三一教堂（Trinity Church）对面的波士顿公共图书馆（Boston Public Library），是波士顿最大的公共图书馆。门前的大理石狮子和人像雕塑，透着一种莫名的书卷气和大气。进到里面，就像走到一个博学优雅的大师身边，你不由得变得“斯文”起来，脚步不知不觉就放轻了。图书馆有六七层楼，类似“四合院”结构，中间是公共空间。下面四层是书库和阅览室。坐在楼上玻璃围栏旁的长方形书桌前，看书累了的时候，望一下周边的书库和走廊上开放式的阅览室，真的有坐拥一个巨大书城的感觉。图书馆内的光线特别好，环境特别优雅，楼下就有餐厅和花园，所有的厕所旁都有清凉可口的直饮水——连我这样一个饮食十分挑剔，到哪里都带着一瓶水的人，慢慢地都习惯了波士顿的直饮水。一楼餐厅旁的大木条凳上，是个休息打盹的好地方。

我住处附近的摩登图书馆也是一个公共图书馆，只要拿出一个你曾经收到的，写给你本人的信封，即可到前台办理借书证。摩登图书馆是上下两层楼的室内“四合院”结构，图书存量一点也不逊于国内一般大学的图书馆。一次借书时，我执意问图书馆的工作人员，一次最多到底可以借多少本书。工作人员耸耸肩，伸出手指比划，说：“Seventy-five！”75 本啊，在国内大学，以前连老师借书，每次都不得超过 8 本。记得多年以前我曾在湖南省图书馆办过一个借书证，还交了 100 元钱的押金，后来也不了了之，因为实在找不到几本用得上的书。本专业的书，基本上靠自己买，否则无法跟上最新的教学和学术研究动态。

波士顿的图书馆，不仅借书数量不受限制，还书也特别方便。

一是你可以登录波士顿公共图书馆网站续借。每次续借，书籍的期限是 3 周即 21 天，碟等的期限是 1 周，可以连续续借五六次。

摩登图书馆的入口

只要登录网站输入你的密码，打开你的账户，你正在借读的书目和需要归还的日期都一清二楚。只需在想续借的书名前边的小方框内，轻轻点一下“续借”对话框即可。你过去借阅过哪些书，还可以查看备忘。

二是你可以把书直接放到前台，或者直接放到图书馆外面马路边的还书箱里。放到那里就是，什么也不用管。有几次不放心，我把书放到前台，看到工作人员也不过来清点书籍的损害情况和数目，就想请工作人员过来查收一下。他们不是听不懂我说的话，却搞不懂我什么意思，只说“That’s Ok！”，很奇怪我为什么不能放心地把书放到那里即可，非要他们过来查收。结果有一次，我把一本我自己买的书，错夹在还图书馆的几本书里面了。走出图书馆很远了，才想起有这么一回事，就又跑回去找工作人员。他们让我自己在一大堆要还的书里找，包括很多别人还过来的书，一点也不担心我会多拿了别的书回去。这种信任，让人感动，也让人变得更加自重。

图书馆不仅是大人借阅图书的场所，也是孩子们课外学习和活动的天地。小学的作业不多，但建议的阅读量却很大，当然全凭自觉，不做硬性要求。有时孩子们放学早，就直接去图书馆，待到家长下班再来接。图书馆里经常有手工制作等活动，真正是一个“第二课堂”或者“第二个家”。一个孩子跟我说，她一个暑假要看五六十本书。我儿子要完成的任务，除了老师布置的少量作业，就是每天读一点课外书，之后写一点心得或记点笔记，两三行字就可以了。印象中，大半年时间儿子也看了七八本 50—100 页的全英文书。暑期学校期间，即 7 月到 8 月中的一个来月，孩子的作业是要求家长每天必须签字的。试想，如果没有这么多配套的图书馆和这么多空闲的时间，孩子们又如何能够多阅读和多思考呢？！

波士顿的博物馆也很多，公立私立的都有。公立博物馆有波士顿儿童博物馆（Boston Children's Museum）、科学馆（Museum of Science）、艺术馆（Museum of Fine Arts，Boston）、伊莎贝拉·斯图亚特·佳德纳博物馆（Isabella Stewart Gardner Museum）、肯尼迪总统博物馆（John F. Kennedy Presidential Library & Museum），等等。私立博物馆有麻省理工学院博物馆（MIT Museum）、哈佛大学的自然历史博物馆（Harvard Museum of Natural History）、艺术博物馆（Harvard Art Museums），等等。儿童博物馆前面有个巨大的白色奶瓶式地标，有一两层楼高，远远就能看到。每次去那里，儿子最喜欢攀爬那个从里面螺旋往上的板梯，很多小朋友在那里匍匐着身子，手攀脚蹬，忙得不亦乐乎。波士顿科学馆则在查尔斯河边的一个岛上，门口就是小朋友最喜欢的“鸭子船”乘车点。

印象中，美国每个城市的博物馆都很多，到纽约等城市旅游，我们差不多有一半时间是在博物馆里走马观花。如果要细心逛的话，每个博物馆都要耗上一整天。博物馆里动手的项目很多，不光是看，还要听和思考，并动手玩，都是很有趣的活动——简单的、复杂的，思考的、攀爬的、玩水的、玩沙的，应有尽有。

不少博物馆是要收费的，但即使是收费的博物馆，总会安排不收费或者优惠的机会。这也是波士顿文化中一个有趣的现象，不管平时的演出或者展览费用有多昂贵，也总会出于惠民目的提供“免费服务”。哈佛大学或者麻省理工学院的博物馆虽然是私立的，但只要凭美国银行（Bank of America）的银行卡即可享受免费，因为他们之间有协议，属于“协议单位”。而波士顿儿童博物馆，每周五下午都是免费的。其他如科学馆、艺术馆等，只要在波士顿公共图书馆网站上提前预订，即可享受免费，但每人每次要交 7 美元，相当于手续费或者捐赠什么的。如果不享受免费而直接买票的话，每次至少需要二三十美元。

一到暑假，为了丰富孩子们的假期文化生活，免费的学生项目就更多了，波士顿的暑假又总是很长。2012 年暑假期间，从 6 月 29 日到 8 月 31 日的每个星期五，大波士顿地区都有五个不同的博物馆免费开放，不光学生不收钱，家长也免费，名曰“免费好玩星期五”（Free Fun Fridays）。参加这次免费活动的博物馆、艺术中心和动物园等，多达 50 家，还不包括哈佛大学和麻省理工等校内的私立博物馆，以及科学馆这种大型的博物馆。

除了大量的图书馆和博物馆，很多社区也会安排一些文化项目。比如我们所住的摩登市就有个华夏文化协会（Chinese Culture Connection），它经常举办免费的音乐会、读书会和电影沙龙等。不光参加活动免费，还免费提供水果、茶点。尤其是读书会和电影沙龙，一般会邀请作者、演员或其他相关人员，回答大家的提问，和大家一起探讨书本和电影“背后的故事”。这些活动，无论对于大人还是孩子都是很受益的。

记得有一次，我去华夏文化协会看一部关于本土印第安人融入城市生活之初的电影。电影看完以后，就是读者提问的互动环节。一个来自印度的小朋友问："那些人是不是印度人？"的确，印度人和印第安人在英语里都是"Indian"，日常生活中，也看不出谁是印度人，谁是印第安人。现代城市中的印第安人，也并非电影镜头上那种插着野鸡毛、光裸着身子的形象。小朋友的这个提问，我感觉很受启发。虽然早知道二者有区别，也曾发出过同样的疑问，并且通过各种途径查询过，但这一次从孩子的嘴里问出来，并且得到作者当场明确的回答，在我是一种别样的收获。这让我知道，也有人跟我一样会这么想，从而对这个问题的理解就有了参照系，更直观，更明白了。

虽然整个过程我都没有提问，甚至觉得有些问题太"小儿科"。但不得不承认的是，得益于大家的提问和回答，整个电影的情节和意义于我而言，变得更加清晰和有趣了，完全不同于以前"看完电影就走人"的效果。我不禁感慨地对同是大学老师的朋友说，这下我明白了，为什么"只有好的问题，没有好的答案"。只要提问，就是好的。没有所谓"愚蠢的问题"，只有所谓"愚蠢的答案"，因为答案是多元的、相对的，没有哪个答案可以说是"好"或者"最好"的。答案永远都没有最好，只有更好。而提出问题，却总是好的。所以美国人总是鼓励人说"Good Question"、"Good Idea"、"Good Opinion"，但很少说"Good Answer"。

我以前总习惯于等到最后再去提问，生怕自己的问题不够深入，不够高明。但往往还没等到提问，讨论就结束了。有个哈佛大学退休的美籍华人资深教授，就曾感慨中国学生很聪明，很勤奋，但就是不擅长提问题。提不出问题，往往就是最大的问题。提出问题，才是迈向成功的起点。一旦明确了问题的所在，就离成功不远了，努力也就有了方向。发现问题、提出问题，比解决问题还重要。

讨论中提问的人，是对大家有“贡献”的人。不管他提的是什么问题，总可以供人参考和思索，总比那些“一言堂”的所谓权威结论，要有用得多。

应该说，从校园到图书馆、博物馆、社区，从学校到社会，美国人都信奉这样的教育理念：学习不只是在课堂或者培训机构上课，不只是对文化知识的死记硬背，不只是追求高分数和排名靠前，而是重视探索、求知和兴趣，重视孩子的创新能力和发现问题的能力。

第四章　大学教育亲历

与小学生作业少和课堂好玩不同，波士顿的大学生很辛苦。光看他们成天背着的那些大部头教材和电脑，就觉得不容易。老师在课堂上多半不是在讲课，而是在提问或“答课”。对于学生来说，真可谓“课上一分钟，课前无数功”。来到波士顿，我既在哈佛大学学英语，又到东北大学听法律课，再次以学生的身份，感受了什么是真正的苏格拉底教学法。

哈佛大学学英语

我到波士顿访学，一多半是冲着哈佛大学来的。当初选择伍教授做导师，一是因为她是国内熟知的民诉法学者，尤其是她和苏本教授（Prof. Steve Subrin）合著的那本书，让我真正开始明白了美国民事诉讼的“真谛”；二是因为她是哈佛大学东亚法律中心的研究员。

为了到哈佛做一回真正的学生，我报名参加了哈佛暑期学校（Summer School）的英语课程。为什么访学的专业是法律，却到哈佛大学学英语呢？一方面，东北大学法学院的很多老师，本身就是哈佛大学或者耶鲁大学法学院的毕业生，估计他们的风格与哈佛大学也差不多，比如苏本教授，他的两个学位都是哈佛大学的，而且在哈佛大学和耶鲁大学的法学院都教过课；另一方面，如果不做足课前的准备，法律课是很难完全听懂和参与课堂互动的。美国是判例法，必须对相关判例的案件背景材料等特别熟悉才行。英语课则不同，一是不涉及特定的专业背景，相对单纯；二是之前已经学了大半辈子了，相对熟悉；三是正好可以和此前的英语学习体验进行比较。于是，尽管访问学者可以免费听所有的课程，包括英语，而且波士顿到处都有免费的英语培训班，如小学里的家长学校、教堂里的英语补习班、哈佛志愿者组织的华人英语补习班，等等。但我还是选择了哈佛最低阶的英语"A"班，也不图短期内真有什么实质性的长进，就图体验一下在哈佛当学生的滋味。

原以为这个暑期英语培训班"交钱就可以上"，没想到注册、考试、分班、通知，一切都有板有眼，典型的"哈佛风格"（Harvard Style）。尤其是哈佛大学科学中心（Science Center）的那场"入学考试"，更是考出我一身大汗。它可能是我这一辈子作为学生所进行的最后一次大考。

考试整整三个小时，比国内考研和考博的英语题目还难，还灵活。试卷上不允许写字涂画，因为还要收回给以后的考生循环使用。

我只能一边看题，一边在答题卡上涂黑圈。每涂一个答案，都要花好几秒钟，思维也好像中断了似的。以前在国内参加考试，我一直习惯于先在试卷上做记号、打钩儿，最后检查完后，再涂答题卡。这次考试，不得已要改变多年形成的习惯，加之很长时间没有参加这样的大考试了，又是初到异国他乡，尽管没有升学的压力，但在哈佛这样一所我素来敬仰的大学里参加考试，心里还是禁不住有点紧张。中途只好举手要了一张草稿纸，还是按国内的习惯，把初步的答案先写到草稿纸上。没想到，最后交卷的时候已经来不及涂完答题卡，急得我直喊“等一会儿，等一会儿”。监考老师一看我在草稿纸上的标记，就说“哦，你是中国习惯”，并很善意地等了我两三分钟，直到我把答题卡涂完。

开学的时候，学校负责人和我们分享了所谓的“哈佛精神”（Statement of Values of Harvard University）——“Respect for the rights, differences, and dignity of others; honesty and integrity in all dealings; conscientious pursuit of excellence in one’s work; accountability for actions and conduct in the workplace”。我将之简单地翻译和归结为“相互尊重，诚实守信，追求卓越，承担责任”。

哈佛英语语言中心（Institute for English Language，IEL）的英语培训，每年都有一个讨论的主题（topical theme）。学生们围绕这个主题进行阅读和讨论，从而获得对人文、社会和自然科学的理解。2012 年度的主题是“时势与风尚：透视历史长河中的 2012”。灵感来源于古希腊哲学家兼法学家西塞罗的名言：“啊，时势！啊，风尚！”（O tempora，o mores!）因为2012年是狄更斯200周年诞辰，是英国女王伊丽莎白二世登基60周年，还将迎来伦敦奥运会庆典，因此本次指定的课外阅读书，是狄更斯影响西方文化的一部经典名著——《圣诞颂歌》（*A Christmas Carol*）。

语言中心在强调初学训练、学习技巧、教学大纲、考试要求等之外，还特意提到了苏格拉底教学法：要求学生围绕主题进行广泛的听说读写训练，积极地“到课和参与”（Attendance and Participation），做到“零缺勤”（Zero Absence）。因为如果无故缺席或迟到，不仅会影响教师对你本人的指导，而且会“影响课堂正常运行，这对那些准时到课的学生是不公平的”。

任课教师是一个可爱的美国老太太，我们叫她玛丽，她的全名是“Marry B.Sullivan”。从她爷爷起，一家三代都毕业于哈佛大学，并在哈佛大学教书，算得上资深的“哈佛人”。第一次自我介绍时，她就给我们秀了一下波士顿人读“Harvard”的口音，那个“r”不发音，好像被吃掉了一样，读成“哈维德”。她自我介绍完毕后，让我们每人问她一个问题。我就问她名字中的那个“Sullivan”，与我经常经过的波士顿橙线地铁站“Sullivan Square”有什么关系。她笑笑说没有任何关系，然后说“Sullivan”和“Marry”这个名字在波士顿很常见，她爸爸为了不致混淆，特意加了个“B”，所以就叫“Marry B. Sullivan”。

玛丽不仅备课精心，而且对我们的随堂作业、课后作业批改也特别认真，就当我们是“小学生”，采用典型的因材施教法和动态教学法。在课堂，她经常要我们临时写一段话交上去，第二次课前就可以看到她细心的红笔圈点和鼓励性的简短评语。每次作业，她总不忘批上“good”、“very good”、“perfect”等鼓励语句。每个星期一晚上上课伊始，她总是引导我们谈论周末的所见所闻，鼓励每个人用英语大胆地表达。班上一共 14 人，从博士到清洁工，几乎每个人都来自不同的国家，操着不同的口音。刚开始时，看到几个说西班牙语的同学表达流利自如，以为他们是在说英语，我就不免有点自卑起来。我问玛丽他们是不是本地人。没想到她善意地“白”了我一眼，很可爱的样子。我问她是觉得我的问题愚蠢吗，她扮个鬼脸，说：“Yep！”接着她解释说：“如果他们是本地人，还用得着来这里学习吗？他们说的是西班牙语呢。”说完，她呵呵呵地笑了。事实上，刚开始大家的口语都不免有些结结巴巴。她在一旁一边纠正一边总结，然后打着节拍，带领我们重读那些被纠正过来的地道的日常用语。这样，我们的英语学习和在波士顿的日常生活就巧妙地结合起来了。

在波士顿学习很需要体力，因为从来没有课间休息。我很佩服玛丽，六十多岁的人了，三个小时下来，既不上厕所，也不喝口水。本来学校规定的上课时间是 6 点半到 9 点半。后来 7 月 4 日独立日放假，耽误了一次课。她就把后面的课每次都延长半小时。因为有点累，我在课堂上有些走神，她每次总是关切地注意我。

她还时不时地要我们在课后写下本次课的收获和困惑，交给她作参考，以便下次注意。一个暑假下来，我足足用完了两个厚厚的笔记本：要么课后做作业，要么记笔记，或者随堂写了作业，撕下交上去。最有意思的是，课程结束时有一次征文比赛，会有老师进行评奖。这是每年的保留节目。每个人可以将自己在哈佛的学习经历或体会，写成一篇2000字左右的文章投稿，不能超过两页纸。

大家都跃跃欲试，我也写了一篇请玛丽给我提意见，没想到她拒绝了我。因为在她看来，比赛得凭自己的实力。待到交稿截止日期以后，我才又把我的文章给她看，她看了后，说有点太“中国式英语”了，并夸我的开头写得不错：“我11岁开始学英语，现在44岁了。”我在文中提到了我的一个初中同学——张先杰，他当年考了湖南省理科状元，现已定居美国，在西雅图微软总部工作。我的原意是：我来美国，来哈佛学习，是受了张先杰一些间接影响的，他是我人生中的一个标志性符号和激励，也是我们中学同学聚在一起时不可缺少的一个话题。但是玛丽不明白我为什么要写这个同学，她问我张先杰和哈佛有什么关系。在她看来，写哈佛扯到张先杰，有点跑题了。可能是文化不同，思考问题的角度不同吧。

后来，一个韩国小姑娘中了二等奖，她写了自己在美国学习谚语的心得。玛丽很高兴，在课堂上宣布消息的时候，她还特意友好地跟我眨眨眼，带有安慰、惋惜和鼓励的味道。其实对于我这样一个年届不惑的学生而言，分数和得奖早就不重要了，重要的是，在这个年纪还有这样的机会、经历和好奇心。

上哈佛英语班还有一件令我觉得很有意思的事情，就是切实了解了外国人对中国的看法。很多美国白人，比如玛丽，对中国的了解，基本上都还停留在上世纪七八十年代。有次她说起总统竞选，说有个议员买了件衣服，衣服很漂亮，议员也很喜欢，结果他发现上面写着“中国制造”，觉得中国人把美国人的饭碗给抢走了，就把衣服烧了。我听了后说：“中国制造有什么不好呢？！我们中国人那么廉价的劳动力，给你们美国人提供这么好的衣服。”玛丽赶忙说她不是那个意思，说她80年代去过中国，觉得很不错。我回复说现在更不错了。后来，班上同是来自中国的一位医学访问学者劝我说：你说了也没用，还不如让他们自己去看看。

有一次，玛丽让我们先在家准备，然后每个人上台用英语演讲15分钟，就讲自己熟悉的事，而且建议讲自己国家的景点和文化。有个西语裔的“家庭妇女”同学，竟然用国会山、白宫和联邦最高法院大楼的三张图片，加上自己三言两语的解说，一下子就让我们明白了美国“三权分立”的政治架构。我不禁感叹，她要是学法律，绝对是个人才。

我演讲的题目是“中国的四大法域”。通过地图和讲解，我想说明中国内地的法律和港澳台地区的法律，是“一个母鸡三个蛋”的关系。结果，除那个中国同学外，其他同学竟然都有点莫名其妙，不知道我们的“一国两制”，不知道台湾是中国的一部分。我解释说只是这四大法域各自独立而已，主权上都是一个中国。但玛丽很友善地笑着说：“问题在于他们不一定这么看呀？！”的确，玛丽和他们根本就不懂中华民族五千年来的历史和文化。

学习结束，我跃上一个新台阶，考到了“B”，却是我对哈佛大学的暑期学校说再见的时候了。我强烈感到，语言学习必须浸润在它的文化和生活环境之中。对初到波士顿的华人而言，英语过关所需要的时间，流传的说法是“年龄除以 5”，即除却太小的幼儿和年龄太大的老人，年龄越大，适应越慢。要适应全英语生活，5 岁的小孩只需 1 年，40 岁的中年人则需 8 年。有些文化程度不高的华人移民，在波士顿一辈子都不会说英语，就在唐人街打工，纯粹是“住在美国的中国人”。

曾经看过一个旅美华人写的游记，她说自己英语虽然很好，但都属于日常英语，对波士顿“自由之路”导游说的那些东西，就全然不懂。而我在看了不少资料，走过不少次“自由之路”后，偶尔耳边飘来导游的讲解，居然也知道在讲什么，这不禁让我有点小小的成就感。

学英语，尤其是成年人学英语，绝不是简单的考试和背单词，尽管那会管点用，但更多地要靠运用。我虽然英语高考时分数不低，而且很早就过了四级，也一向喜欢看点英语小说之类的东西，还曾背过上万的单词。但到这里一看，每一个单词都必须在纯英语环境中运用过，或者说被“激活”过，才能算是自己的。否则，都只能算是“没开封的库存”，还不知道能不能管用呢。在国内，我的英语水平可以说仍然停留在高考阶段，一是因为学习是为了应付公共英语考试，二是没有系统地学习和运用专业英语。进入大学，要进一步提高英语能力，应该是尽可能多地与外国人交流，阅读和使用本专业的英语文献。当然最好是出国，但并非人人都有出国深造的机会。最终结果是，学了一辈子英语，考了一辈子试，多半是为了考试而学英语，平时也不运用，反而对英语失去了兴趣和信心，这或许就是英语应试教育的“宿命”。

有朋友跟我说，别看印度人说英语的口音很重，发音也没有我们中国人标准，但他们和美国人聊天、交流反而更容易一些。因为他们有着共同的语言习惯，英语对他们来说不是“外语”，本身就是官方语言之一。在这方面，西语裔和日本、中国香港、新加坡等地的亚裔，也比我们中国内地的同胞相对容易一些。我们说英语，一是胆量不够，二是总要在头脑里不自觉地“翻译一下”。自己以为说得清清楚楚的事情，老美就是搞不明白。而波士顿的本地人说一个人尽皆知的地名或人名，我们却半天也搞不明白，比如奔驰的里维尔、签名的汉考克，还有大波士顿地区的“米德尔塞克斯县”（Middlesex County）等。这就可能不只是关涉发音问题，而是涉及双方的思维习惯、知识背景和文化偏好的问题。

我住房旁边不到二百米的法院墙上，刻着“Middlesex”的字样，朗费罗写里维尔奔驰的诗里也两次提及这个地名，但我不知道它跟摩登市有什么关系。后来问法院旁边理发店的伙计，问房东，问了很多人，才知道我们这一片原来是属于米德尔塞克斯县的，就像波士顿市是属于萨福克县（Suffolk County）一样。上谷歌搜索引擎一查，发现这个县作为政府机构，早在1997年因为破产而被取消了，但作为地名，在很多场合，比如天气预报等，还照样保留。这些来龙去脉，对于一个外来者是相当陌生的，却是他融入当地生活和文化所必须具备的知识。

还有一个有趣的现象值得在此一提，我发现刚从国内过来的人大多有两个不自觉的习惯：一是习惯换算（钱），二是习惯翻译（人名和地名）。我的体会是，直接用就行了，一换算和翻译，就有“文化冲击”。但后来发现，换算和翻译还是有道理的，毕竟我们的思维和文化不同，永远都不可能成为“地地道道的美国人”。尤其成年人的头脑中已经存储了太多的中国习惯和文化，给英语和英语文化所留的空间当然已经不多，所以就只能边融合、边吸收。而小孩子几乎是一张白纸，吸收起来就特别容易，进入英语思维也特别容易，没有排拒，也不需要“融合”这个过程。

其实这很正常，任何人学“外语”都是这样。欧美人学中文，肯定也不轻松，尤其是各地方言。我们在电视上看到一些外国朋友说中文一套一套的，相当流利，但如果让他们到民间去走一趟，我敢打赌说一定会立马现形。我跟来自中国其他省份的访问学者聊天，他们都曾看过播放《越策越开心》的湖南卫视，但对长沙方言里的“策神”一头雾水。不同省份尚且如此，更何况两个不同国家的人呢。

在哈佛的英语学习让我体会到：兴趣和需要是最大的动力，运用和疑问是最好的老师。

东北大学听法律

美国东北大学（Northeastern University），简称 NEU 或 NU，和北京大学是“老庚”，都建于 1898 年。它在全美大学排名中，近年来一直属于前百强，借用国内的说法，好歹也算个“211”院校。近年来，它的排名快速上升，由八九十名一下子跃升至五六十名，2014年甚至已经逼近前四十名了。但因地处波士顿，与哈佛大学、麻省理工这些超级名校为邻，光芒自然被掩藏，难免令人喟叹“既生亮，何生瑜”。

记得有一次，国内来的一个学生旅游团正好在哈佛卫德诺图书馆前参观，听一个哈佛的学生志愿者导游介绍。我刚好下课出来，就跟旁边的中文导游老朱聊天。老朱也是长沙人。他问我在这里干什么，很纳闷我是老师还要听什么课。我解释说我是东北大学的访问学者，来这边学英语，偶尔也来听法律讲座和交流，但我这边没办公室，就出来转转。

他看了一眼我，说：“东北大学，有这样一所大学吗？！”

我笑着跟他说：“人家好歹也是前百强，最近排名好像是全美前六十名左右呢。”

他说：“有吗？！”

这种尴尬也同样存在于其他名校旁的大学。我纽约的一个学生说，有一天他和朋友去位于纽黑文镇的耶鲁大学，结果转了半天，发现一个学校前面竟然写着“纽黑文大学”，之前真是一点也没听说过，于是都感叹：你说这个大学真够郁闷的，在哪里不好呀，偏偏建在大名鼎鼎的耶鲁旁边。

东北大学法学院，一般简称“NUSL”，交通非常方便，就在波士顿的地铁绿线上。从橙线“Ruggles”站下，差不多一百米就到。

法学院旁边不到二百米就是波士顿艺术馆，后面是毗邻的芬威球场所在的公园。

穿过学校中间的主干道上，既跑汽车，也走绿线地铁，名字叫亨廷顿大道（Huntington Ave.），又叫艺术大道（Avenue of the Arts），波士顿交响乐团、艺术学校等都在其沿线。当年马丁·路德·金在波士顿大学读博士时，去找他女朋友，估计经常路过这里。

法学院先是给了我一间位于二楼的阳光明媚的办公室，里面配有电脑，还有一个圆桌和椅子，是给学生辅导座谈用的。去了大半年后，渐渐地我就去得少了，主要是一个人在那里连个可以聊天的人也没有。反正是上网，在办公室是上，在家里也一样上，何况还要参加各种各样的活动，我开始觉得这个办公室对我来说有些浪费了。

正好后来法学院院长——那个和蔼可亲的“斯碧蕾”（Emily A. Spieler）任期满十年退位，来了新院长。办公室的人就跟我商量，把我那间办公室让给老院长。我便搬到地下层的一间办公室，这里离伍教授的办公室更近些。从地上转到地下，这才知道我原来那间办公室，竟然是全法学院最好的——通风、宽敞、有阳光！最后两三个月，我主动提出，愿意和一个新来的韩国访问学者共享一间办公室，因为一是觉得不浪费，二是也想和他交个朋友。但不知怎的，每次去都没见着他。房子比先前楼上的小多了，学院配了两台电脑和一张圆桌供我们两人使用。

地下层都是这样，没有窗户和阳光，走廊上白天黑夜都亮着灯。

很多美国大学的办公室都在地下层。这似乎是美国大学的一个传统：教师和院系主任甚至校长，其办公室往往位于最差的地方，最好的楼层和房间总是留给学生用来学习的。我原来那个办公室，也是因为院长卸任了才想着让她搬入，相对安静和宽敞些，尤其是有自然阳光。哈佛大学旧园的那栋马萨诸塞厅，一楼这种较差的楼层就是校长办公室，二楼以上较好的楼层则是大一学生的宿舍，而且因为哈佛园宿舍有限，只有大一学生才有“资格”入住。

我新办公室所在的这个地下层，还是连接法学院三栋楼之间的通道。不管刮风下雨，还是冰雪天气，或者烈日当头，学生都可以只穿单衣，在有冷暖空调的地下层过道中，穿梭于法学院各楼之间，足不出户就可以完成所有的事情——听课、开会、上图书馆、办事、休息，等等。

我在东北大学法学院，一开始同时听了两门课。一门课是“（法律）职业责任”（Professional Responsibility），另一门课是“战略性诉讼”（Strategic Litigation）。

“职业责任”的授课老师，是主管法律实践教学和诊所教育的副院长卢克·比尔曼（Luke Bierman）教授。这门课主要探讨律师和客户之间的关系，以及如何做一个诚实而又有策略的律师。比如如何说话，该说什么，不该说什么，如何去说，等等。尤其探讨当客户坚持撒谎的时候，律师该怎么办。这些当然没有标准答案，都是通过判例和法规来进行课堂讨论。也许诚实本身，就是最好的策略之一。

比尔曼很友好，我和他很谈得来。上课时，他每次都带一张贴满学生名字和照片的大图纸，有时在上面做点记号和记录，但从未点过名。他的课基本上是学生自己讲，除了课前交代一些注意事项外，他基本上都跟我坐在下面“当学生”，也时常提问。

每次都是两个或者三四个学生，一起走上讲台，用幻灯片“讲课”。每人负责某一阶段，或者某一部分的内容。每个学生都很老到的样子，丝毫看不出紧张和怯场，也可能是因为法学院的这些学生，年龄和学历上与我们国内的研究生相当的缘故吧。台上台下互动非常好，很少出现没人举手提问或者“冷场”的情况。经常是一个问题，有几个不同的回答或观点。有时候，台上的“老师”会要求大家对一个问题举手表决，并且说明理由。因为有幻灯片，我听起来就轻松得多，而且注意每次都提前阅读相关的资料。我也举手“表决”过，有不懂的，课后会问比尔曼。

最后一节课时，我对比尔曼说，我就不参加考试了，因为不需要学分。我们都彼此微笑，耸了耸肩。其实如果我真的参加考试，估计结果也不会理想，毕竟没看那么多书，也不懂得那么多背景知识。

10 月底，比尔曼主持了全美首届法律实践教学论坛，论坛主题是“法律体验性教育”（Experience the Future: Inaugural National Symposium on Experiential Education in Law）。东北大学的工读教学，即让学生到合作单位带薪实习的“CO-OP”模式，在全美很有名，因此法学院的实践教学有得天独厚的优势。来自美国各地的二百多名教授、律师、法官和学生参加了此次论坛，我也是其中一员。会议开始前，在芬威球场的看台餐厅，设了欢迎“大餐”。参会需要网上报名认证，却是免费的。

关于报名，这里想额外提一下。当时，我想带师弟一起参会，但是因为报名日期已经截止，我便以为不能再网上报名了，遂作罢。结果没想到，我邀请的另外两个访问学者，当天居然网上报名成功了。可见美国人很看重“人气”，说是截止了，其实还有机会。

会议在威斯汀酒店（Westin Hotel）召开。据说中国国家领导人访问波士顿时，曾经下榻这里。为期三天的会议，我全程参加了，感受了那种平等探讨的热烈气氛。

法学院的新任院长杰里米·保罗（Jeremy Paul），每次都和我们坐在台下，不时地走到过道上的话筒前去提问，跟来参会的学生和老师完全没有两样。台上也没有什么端茶送水的，每次就是主讲嘉宾上去，几个人轮流发言，或者轮流回答下面的提问。伍教授是东北大学法学院两个曾经在“主席台”上发言，或回答过问题的教授之一。

我选择的另一门课是“战略性诉讼”，主要是讲如何用私人的诉讼来达到公益的目的，授课老师是烟草法专家理查德·戴纳德（Richard Daynard）教授。网站上有很多关于他的中文介绍，他曾经到过几十个国家，还入选了美国法律界和世界的“名人录”（Who’s Who）。他拥有哈佛的法律博士学位（Juris Doctor，J.D.）和麻省理工的博士学位（Doctor of Philosophy，Ph.D.）。这两个都可以说是博士学位，但前者是职业应用型的博士，相当于中国现在的法律硕士

（J.M.），是一种与工商管理（MBA）或公共管理（MPA）等相类似的专业学位硕士，是美国大学法学院的学生进入社会工作的“入门学位”或“法律第一学位”，后者则是学术研究型的博士学位，美国所有学科的这种学位都叫哲学博士（Ph.D.），中国目前所有的博士取得的也都是这种学位。

美国法律专业有三种不同的法律学位，分别是法律博士（J.D.）、法学硕士（L.L.M.）和法学博士（J.S.D.）。参加美国律师从业资格考试，必须拥有法律博士学位（J.D.），即便拥有法学硕士（L.L.M.）或者学术型博士学位（Ph.D.）也不行。以前，美国法学院发给毕业生法学学士学位（意为 Bachelor of Laws，L.L.B.），但到 1960 年代后发现与其他的学士学位相比，对法学院学生很不利，因为他们本来就是“研究生”，于是改为颁发法律博士学位（J.D.），类似情况的还有医学博士学位（M.D.）等。

戴纳德教授的课，彻底采用的是苏格拉底式问答法。他一个人在上面提问题，下面的学生回答，偶尔他也会接着学生的问题讲解一下，但总体上是问得多，讲得少。他每次总是不停地追问“What，Who，Why，How——”，每次学生回答后，他都不忘表扬一下，说点“good”、“great”或者“perfect”之类的话。

他也不用幻灯片，只是偶尔在黑板上用粉笔或者马克笔写一下，如果不是非常仔细地去看，很难认清他在黑板上信手写下的那些“天书”。有时他干脆就坐在讲台的一个茶几上，侃侃而谈，还不时晃荡着一双腿，或者从上衣口袋里拿出一把小梳子，梳理一下胡须。我真有点担心他屁股下的那个茶几会垮掉，好在他不胖，在中国也算得上“玉树临风”，从未出现过“垮台”的险情。

刚开始上戴纳德教授的课，我着实感到很惊讶。有的学生一边吃东西，一边提问题，甚至有个女生吃完东西后舔舔手指头，就举手提问了。课堂上喝饮料就更平常了，而且有些饮料瓶大得就像国内的小热水瓶。但后来看到戴纳德教授坐茶几、梳胡子的上课风格（当然衣服穿着绝对是干净整洁，而且很绅士的），再回头看学生的表现，也就并不觉得唐突了，反而觉得很和谐。

尤其有意思的是，每次上课都坐我前排的一个盲人同学上课很活跃，很喜欢提问，有时还会用盲人用的电脑做笔记。他的导盲犬就在我脚边，经常坐累了或者睡够了，就站起来用力甩一下身子。因为没有课间休息，每次课都是连上一个半小时，感觉有点累。人都如此，何况狗呢？！不知怎的，我觉得那狗很亲切。

还有一个高个子男同学，不知是为了防止打瞌睡，还是为了“练台风”，每次都在教室后面站着听课。他自己在面前摆一个平常用来放麦克风的那种盒子，一副新闻发言人的“范儿”。他也很喜欢提问，回答问题时，总是站得笔直，就像律师出庭或者站在主席台上发言一样。

戴纳德教授讲课的内容，并不局限于烟草方面，也涉及大瓶饮料等导致肥胖的广告等。他就像个斗士，总跟那些可能导致公共卫生健康受损的现象作斗争。

听完比尔曼和戴纳德教授的课后，已是 8 月中旬了。这个时候学校就基本没课了，学生全都休假或者旅游去了。

第二个学期即9月，我去旁听伍教授和苏本教授的民诉法课。这是我的老本行。不知怎的，伍教授给我的课表上分明写着她的名字和上课的教室，但听了大半个学期的课，就没见过她来上课，每次都是苏本一个人在上课。

苏本的课讲得很轻松，就像聊天，声音不大，也没有幻灯片，很少写板书，我就只好每次带着他和伍教授在中国出版的那本《美国民事诉讼的真谛》，边看英文，边对照中文来理解。苏本讲的内容，我大致都能听懂，但他和学生的交流互动，说实话，我就只有“看热闹”的份儿了。

我跟苏本交流，他好像比我还紧张，忙说谁谁谁中文很好。我说没关系的，我能说英语，估计我的英语也让他有点“难受”。有次刑事犯罪学院的何霓教授来拜访伍教授，我也在场。何教授是美籍华人，在国内读了硕士才去美国的。见面会上我跟苏本说，他和伍教授的那本著作我基本上看懂了，还推荐给了研究生。他回复说，那可不容易，我的学生都看不懂！何教授在一旁打趣说，因为那是中文的。大家都被逗乐了。

后来有一次上课前，我在办公室门口碰到了伍教授，才知道她和苏本是两个不同的班，但内容、教材都一样。我便“转战”伍教授的民诉法课堂，她有幻灯片和少量的多媒体教学，对我来说相对要轻松些。伍教授是8岁时从香港移居美国的，会说一些简单的中文，但她的一些文化习惯还是与我们不同。就像一个中国留学生跟我说的那样，老美做事一般很靠谱，但一旦不靠谱，就特别“不靠谱”。感觉伍教授，也有那么“一点点”。就说上课的事吧，她之前给我的课表上明明写的是苏本的上课时间和地点，而不是她自己的。至今我都搞不明白为什么会这样。

还有一件趣事，就是她请我和夫人吃饭。我们刚到美国，她就提出要请我们全家吃饭，我一是出于客气，二是出于对夫人英语表达能力的不自信，就总推说不急，以后有机会。待到8月底，我夫人即将回国了，伍教授又提出来请吃饭。我就同意了，要她发邮件告诉我饭店的名称、具体地址和开餐时间等，口头只是说好了某一天的中午。她好像是听懂了，说好。

前几天我就开始等她的邮件，却始终没有音信。到了那天中午，我推掉了别的事，专门等着她请客，结果都到12点了还是音信全无。我想她可能是临时有事，便给她发了一封邮件，很善解人意地说没关系，吃饭的事就算了。她当时也没回我的邮件，随后我就和夫人去商场购物去了。

下午2点多钟，我购物回来，上网发现她在12点半左右回了我的邮件，说她们在等我们，但没说在哪里等，还有什么人在等。我只好直接拨通了她的电话，对让她（们）久等非常抱歉，但因为我赶过去还得一段时间，请吃饭这件事就算了吧。她还是没说她在哪里，有哪些人，只是回说没关系。

夫人回去以后，我才和伍教授说起这件不解的事，直言自己觉得“莫名其妙”，问她为什么一直不告诉我具体的地方。她说当然是办公室啊！可是我很纳闷，办公室怎么吃饭？！我还问她为什么不给我发邮件，她说，没改变，就不会发邮件。可是问题在于，在我看来，我们根本就没有“最后定好”。这事如果发生在国内，我们总是先口头预约一个大致时间，然后用短信或电话再确认什么酒店、哪个包厢。一些服务到位的酒店还会给所有的客人发短信，开口即是“尊敬的领导”之类的，然后详细告知具体地址、停车的地方等，尽管你不是领导，也有很舒服、很受用的感觉。

后来跟出国的同学说起这件事。一个到欧洲访学的同学爆料说，当初他“老板”请他吃饭也是就在办公室里，每人一份盒饭或比萨之类的，那也叫请客？！看来，就连身为华裔的伍教授，也和我们有“文化冲突”。

在波士顿学法律，除了到东北大学法学院的课堂听课之外，我还去萨福克大学法学院上过史密斯教授的“宪法”课，此外就是去法院旁听陪审团审案，去体验调解的全过程，还包括去听各种各样的法律讲座，尤其是哈佛法学院东亚法研究中心伍教授等人的讲座，以及哈佛亚洲中心、燕京中心等的讲座。

我的游学生活就在这种东一下、西一下的体验中，匆匆忙忙地过去了。当波士顿和美国法律在我心中变得渐渐熟悉和清晰的时候，我却要回国了。

第五章　波士顿文化趣谈

狄更斯在《美国纪行》记录了他 1842 年上半年在美国的旅行，他最喜欢的美国城市是波士顿："空气清新，房屋明亮……城市非常美丽，我想这座城市一定会让任何外来的人都印象深刻。"当年狄更斯笔下的波士顿，净是文化的气息；托克维尔笔下的新英格兰，充满了"平等"和"民主"。现在的波士顿，仍然是美国文化的"桥头堡"。

全美有名的体育城

波士顿的篮球、棒球、橄榄球、冰球等运动一应俱全，而且均实力强劲，在四大联赛——橄榄球联盟（NFL）、棒球联盟（MLB）、篮球联盟（NBA）、冰球联盟（NHL）中，均曾夺冠。这里的凯尔特人队（Boston Celtics）、新英格兰爱国者队（New England Patriots）、波士顿红袜队、波士顿棕熊队，都是人尽皆知的王牌球队。这里还有四个全美大学体育协会成员：哈佛“深红色”（Crimson）、东北“爱斯基摩犬”（Huskies）、波大“猎犬”（Terriers）和波士顿学院“鹰队”（Eagles）。

先说篮球。

波士顿是篮球运动的发源地。1891年，大波士顿地区的斯普林菲尔德（Springfield，旧译“春田”）青年会训练学校一位叫奈史密斯（Jallies Naismith）的体育教师，无意中发明了篮球这项运动，并迅速地传遍全世界。

当初一个同事听说我要到波士顿访学，就很热心地建议我一定要去看凯尔特人的比赛。“波士顿凯尔特人”是无人不晓的美国篮球队，它的球衣是绿色的，队徽是“三叶草”。其名称来源于波士顿爱尔兰移民中的一个族裔。由于肯尼迪家族等的显赫和财势，爱尔兰人在波士顿被誉为“波士顿的婆罗门”。三叶草则是爱尔兰的国花和所有凯尔特人的象征。当球场上绿衣飘飘，象征生命力的“三叶草”不断闪动时，顿时让人感到“冷月弯刀、大漠寒枪”的肃杀之气。

这个球队开创了美国篮球史上的第一个王朝。作为美国NBA的东部霸主，它与西部洛杉矶的湖人队，长期扮演着篮球江湖的“东邪西毒”。它曾经实现美国NBA职业篮球赛的“八连冠”，共17次夺得NBA总冠军，是NBA历史上夺冠最多的球队，可谓“雄冠美国”。它不仅是波士顿的骄傲，也是整个新英格兰地区的骄傲。它以低调的桀骜，守护着篮球故乡的尊荣。

波士顿的街上，随处可见有人穿着印有“Celtics”的文化衫。波士顿居民独栋房屋的庭院里，不少都有篮球架，与中国以前随处可见的水泥乒乓球台一样普遍。他们没事就在自己院子里投投篮，兴许也像我们小时候在农村随便架块门板就打乒乓球那样好玩。

次说橄榄球。

美式橄榄球即美式足球（American football），是橄榄球运动的一种，为北美四大职业体育之首。因为球的形状很像一个中间大两头小的橄榄而得此中文译名。美国人则通常省去“美式”（American）这个前缀词，直接称为“足球”（football）。美国橄榄球联盟“NFL”中的那个“F”即 football，美国（现代）足球联盟“MLS”中的那个“S”即 soccer。刚到波士顿时，就是搞不明白，那个明明用“脚”踢来踢去的圆形皮球，美国人偏不叫它“足球”（football），而叫“soccer”；而那个明明用“手”抢来抢去的橄榄形皮球，美国人却叫它“足球”。这也算是一种“文化冲击”吧。

美式橄榄球是由英式橄榄球直接演变过来的。现代美式橄榄球的形式在 1874 年哈佛大学对蒙特利尔麦基尔大学的三场系列赛中发展起来。哈佛的球员喜欢橄榄球中的带球跑动，并于 1875 年说服耶鲁大学以橄榄球球例作为他们两队比赛的球例。后来耶鲁大学的教练沃尔特 • 坎普（Walter Camp）——“美式橄榄球之父”引进了攻防线来取代英式橄榄球风格的并列队形。

橄榄球比赛以 11 人为一队，双方你冲我撞，抱着一个橄榄形的皮球，在球场上跑来跑去，抢来抢去。每个球员都戴着头盔，生猛得像一群外星人。一开始，美国橄榄球的“哈佛玩法”相当暴力，根本不像在“打球”，而像在“打架”或“打人”。据说因为容易导致球员伤亡，最后罗斯福总统出面，建议对规则进行修改，稍微减少了一点暴力色彩，成为今天的这个样子。

即使这样，美国橄榄球仍然属于一种“暴力冲撞”性的体育运动，不少球员因为脑震荡而引起“慢性创伤性脑疾病”（CTE）。曾经效力于“新英格兰爱国者队”的球员 Junior Seau，据说就是因为这种脑病而在 2012 年自杀的。波士顿大学的研究人员在 19 名前橄榄球联盟球员大脑中发现了这种脑病。橄榄球比赛在美国，比世界杯的影响还大。美国人对橄榄球的热衷，部分原因可能就源于那份暴力和疯狂。虽然这一运动在很大程度上是美国人在“自娱自乐”，但他们将橄榄球视为自己的国球，某种程度上也反映了美国人的自信和霸气。

波士顿的橄榄球队，不以波士顿命名，而是以“新英格兰爱国

练习橄榄球的小运动员们

TD 花园靠着邦克山大桥

者”来命名，据说这样做一是为了吸引波士顿周围直至整个新英格兰地区的球迷，二是因为包括波士顿在内的整个新英格兰地区都是美国独立战争的发源地。这支橄榄球队名气响当当，曾经在四年内三次捧起“超级碗”（Super Bowl）——美国橄榄球赛的最高奖。近年来，该队进入“布雷迪时代”，第五次打进“超级碗”比赛。球星汤姆·布雷迪（Tom Brady）儿时的偶像是四分卫乔·蒙塔纳（Joe Montana）。现在，他真的“长大后我就成了你”，已经打破偶像所创的纪录，获得 17 场季后赛的胜利，成为 NFL 历史上季后赛获胜场次最多的四分卫。电影《超级杯奶爸》（*The Game Plan*，又译《比赛计划》）讲述的就是一个波士顿橄榄球队头号四分卫的故事。

相比而言，英式足球在美国，只是个“小弟弟”。美国传统的四大职业体育联盟，根本就没有足球（MLS）的份儿。波士顿的“新英格兰革命”（New England Revolution）足球队，最好的成绩也就是得过一次美国公开赛（US Open Cup）冠军。这与波士顿凯尔特人队、新英格兰爱国者队等的成绩相比，根本“不值一提”。尽管这样，美国足球在世界杯上的表现仍然不失大国风范。

再来说棒球。

刚到波士顿时，由于人生地不熟，加上语言障碍，儿子说他好像一下子掉入了一个“无声的世界”。但有一天，他非常高兴地回来说，体育课上打棒球，他竟然一打一个准，老师直夸“好样的”！体育无国界。看来真得感谢棒球，是它给了初到美国的儿子以信心和希望。

经常看波士顿本地的报纸和电视，会发现波士顿红袜队（Boston Red Sox）和芬威球场（Fenway Park）是美国棒球的骄傲。

波士顿红袜队的球衣是红色的，球队的名字也经常被简化为“Bosox”或“BoSox”，有时被体育作家称为“Crimson Hose”。其最初的象征物是红色的长袜，昵称是“Red Sox”。波士顿红袜队曾夺得7次“世界大赛”冠军和12次美国联盟冠军。尤其是2004年夺得阔别86年的世界大赛冠军之后，波士顿红袜队再次迎来了新的春天。

波士顿红袜队的主场是芬威球场。这个号称与泰坦尼克号同龄的“美国棒球圣地”，不仅有作为波士顿地标的左外野本垒打墙——“绿色怪物”（Green Monster），而且还是美国职业棒球大联盟中现在还在使用的“百岁球场”。波士顿红袜队的球迷对芬威球场有着极度的狂热，因此被称为“芬威信徒”（Fenway Faithfuls）。

有一次趁东北大学承办全美法律实践性教学大会的机会，我们来到芬威球场的那个大型餐厅聚会。那天正好没有赛事。品着美味，俯瞰着月色下寂静朦胧的芬威球场，仿佛能隐约听到比赛时的拼搏声和呐喊声，体会到那种紧张和刺激。

最后说说冰球。

波士顿地处美国东北，所以与这一冰雪项目有着天然的不解之缘。

波士顿棕熊队（Boston Bruins）是美国冰球联盟（NHL）的六个创始者之一。它曾获得 6 次斯坦利杯（Stanly Cup）冠军、2 次东部冠军、23 次分区冠军和 1 次总统杯冠军，是美国冰球联盟历史上最成功的俱乐部之一。

2013 年元旦一过，波士顿球迷和商家就开始为波士顿棕熊队即将重返 TD 花园（TD Garden）而欢呼雀跃。据大波士顿地区的旅游部门介绍，每减少一次主场的冰球比赛，就意味着 TD 花园周边餐饮、宾馆和纪念品市场要损失一百万美元。看来球赛不仅是体育和文化，也是实实在在的商业和经济。

在 TD 花园，每年 2 月的第二个星期一晚上都会举行豆锅锦标赛（Bean pot Tournament），这是波士顿四所大学之间的男子冰球赛。冠军奖杯形状是一个烤豆子用的锅，故而得名。这四所大学分别是波士顿学院、波士顿大学、哈佛大学和东北大学。四支球队分别是哈佛大学的“深红色”、东北大学的“爱斯基摩犬”、波士顿大学的“猎犬”和波士顿学院的“鹰队”。赢得这个赛事的学校也赢得接下来一年的赢家吹牛权，因此备受追捧。观看比赛的学生和校友相当踊跃，球场每年爆满。

波士顿交响乐团

美国人的娱乐和幽默，尤其在自娱自乐方面，是出了名的。一个美国人，你可以说他不聪明或者不可爱，甚至可以骂他去死，但是你绝不可以说他“不幽默”。在他们看来，如果说一个人不幽默，无异于说他没有做人的情趣和活着的价值。

无趣不如死，美国人是“到死都要乐”。

没来波士顿之前，就听说波士顿交响乐团（Boston Symphony Orchestra）的大名了。其中，美籍日本人小泽征尔，是国内为人熟知、与米高扬等齐名的指挥大师。尽管波士顿交响乐厅（Symphony Hall）离我所在的东北大学很近，但我生怕听不懂，故未去这个世界一流的音乐厅欣赏世界一流的交响乐。

与波士顿交响乐团的邂逅，是在7月4日美国的独立日，我凑热闹去查尔斯河边的河滨公园（Esplanade），品味每年一度波士顿交响乐团提供给市民的“免费音乐大餐”。据说有些波士顿本地人，因为平日票价高，就专门等着这一天来享用自己喜爱的交响乐盛宴。

那一天我们提前了两个多小时赶到河滨公园，但与舞台下面的场地早已无缘。很多人提前一天就已经在那里“安营扎寨”了。美国人奉行“谁先到，谁先得”的公平规则，尤其是这种免费音乐会的门票，只要你先到，或者排在前面，就可以得到。

查尔斯河边等着听音乐会的人群和野鹅

看着那些手上戴个纸圈就可以到台下观看的人，我们真后悔来晚了。这些纸圈就是他们先前排队得到允许入场的标志。

在人山人海中，我们到处找地方坐，后悔没带床单、垫子或者席子之类的铺垫物。靠近水边的地方，还有些空地可以插足，但又怕蚊子叮咬，只好勉强挤到外围，用几张报纸铺在地上，在根本看不清舞台的地方，用耳朵听。虽然现场也有好几个直播屏幕，但在屏幕前找不到适合坐的地方。我只好间或到屏幕下去站着看一会儿。

那天乐团演奏的是什么，基本上没怎么听到，也没办法明白，只是觉得热闹。不少人举着荧光棒，一边吃着美食，一边或坐或躺，尽情地享受。还有些人坐在查尔斯河的船上，一边游玩，一边欣赏乐团的表演。

我们本来还想欣赏交响乐演出后的保留节目——燃放烟花，但听广播说可能要下雨，又看到电闪雷鸣的，只好提前撤退了。回到住处，远眺燃放的烟花，感觉就像是在国内逢年过节的那种“热闹”。儿子说，波士顿的烟花比长沙差多了，可谓小巫见大巫。

记得出国之前，为了招待从波士顿远道而来的客人，我们特意搞了一些“内部门票”，一行人登上长沙杜甫江阁观看对面橘子洲的烟花燃放。几个波士顿的法官、教授，震撼于烟花的绝美时，无不醉心于长沙这座个性化的“山水洲城”。

虽然没有听懂波士顿交响乐团的一流音乐，但从内心里感觉到了这个乐团的伟大和对人性的关怀。明摆着的钱不赚，竟然热衷于每年都给市民奉献免费的音乐盛宴，可见这个乐团不仅技术一流，人文精神也一流。

黄西脱口秀

始终觉得，如果一个人能随便用英语给英美国家的人讲笑话，而且把他们逗乐，那其英语交流能力绝对没问题。以前在国内看过一些“英语幽默”之类的中译故事或书，总感觉不出其中的好笑或幽默之处，发现不了“笑点”。译作如此，原著就更不用说了。这种感觉在到波士顿后，变得更加明显。

课堂上我经常感到困惑，为什么那些美国学生和老师都觉得好笑的事情，我一点也不觉得好笑。而且自己有时候确实听清了，也感觉听懂了，就是不知道有什么好笑的。

为此，我特意买了一本名曰《笑话大全》(*Giant Book of Jokes*)的英文儿童书，里面有一千个笑话。尽管有些笑话也觉得有趣，但还是没有看中文笑话那种开怀大笑，或者笑出眼泪，甚至笑得肚子疼的感觉。总体感觉美国笑话有点“冷”，或者只是“有趣”，谈不上“好笑”。

比如其中一个笑话：“有本新书名叫《如何在没钱的情况下开心快乐》……它卖10块钱。”还有一个笑话：“雷蒙问：‘这是街道的另一边吗？’克雷蒙答：‘不，它在那边。’雷蒙说：‘这就怪了。那边的家伙说它在这边啊。’”

笑话或幽默，是一种特定的“文化分享”，远非几个英语单词、语法结构或考试题目所能涵括得了的。对不同语言和文化背景的人讲笑话，多半有如“鸡同鸭讲”。

波士顿有个叫黄西的中国人，却能用英语把老美逗笑，而且曾获全美脱口秀冠军，登上美国著名的脱口秀节目，还应邀前往白宫表演，把副总统拜登逗得“一乐一乐”的。

黄西在国内研究生毕业后，到美国读生物化学博士，后来却爱上脱口秀，想让美国人也明白咱中国人不缺少幽默感。用他自己的话说，美国不缺少一个来自中国的科学家，但缺少一个能用英语讲笑话的中国人。于是他改行，在美国当了个用英语讲笑话的人。

中央电视台曾经报道过黄西的故事，网上也有不少他表演脱口

黄西在哈佛表演脱口秀

秀的视频，包括白宫那场表演。2013 年起黄西加盟央视一档娱乐节目——《是真的吗》。

黄西出版了一本自传《黄瓜的黄，西瓜的西》。在这本自传中，他讲到如何在美国改行讲英语笑话的不容易，讲到他第一次比赛成功获得 20 美元餐券的那种兴奋和激动：

“开车回家时天上下着非常大的雪，雪花就像是在空中横着飞一样，我边开车边享受这种兴奋感。”

读到这句话，不禁对他产生了莫名的敬佩，而且想象着波士顿的大雪到底是怎样“横着飞”的，甚至想象着那不是一般的“下雪”，而是小时候老家方言里所说的“落雪”！

有次看波士顿的华文报纸，知道黄西在一家剧院有场表演，叫作《美国十八年》，初听好像国内电视剧的“敌营十八年”。我便提前十天在网上订票，竟然发现票早就卖光了。

“世界末日”那天，2012 年 12 月 21 日，我终于有机会在哈佛大学免费听了一场黄西的脱口秀。

傍晚 6 点半左右，我和儿子，还有几个朋友，提早到了哈佛大学燕京中心的 18 号多媒体教室。表演虽然 7 点开始，但教室里早已坐满了来自哈佛和周围几个大学的中国学生和学者，也有一些人带着小孩一起来了。

刚一落座，黄西就和几个学生进来了。他其貌不扬，中等个子，在美国就算“小个子”了，戴副眼镜，憨憨的。牙齿有点向外翘，透出一股友善，看不出半点能说会道的模样。

和大家简单致意后，他和另一个学生在台上摆弄带来的手提电脑。除了他自己带来的电脑外，教室里再没有别的道具，根本就没有脱口秀表演所谓的“舞台”布置，倒像是要讲课，或者即将举行一场讲座。我心里想，倒要看看，他到底怎样讲“美国式笑话”。

表演开始前，一个学生模样的主持人走上台简单开场：黄西老师要赶在“末日”之前跟我们见面，要不真担心没机会了，至于黄西是谁，相信就不用我再介绍了。

接着黄西开始讲笑话，用的是中文，因为在场的基本上是中国人，少数几个外国人估计也懂点中文。中间不时有人来到教室，没有座位就先站在阶梯教室后面的过道。他一边讲着笑话，一边不时地与新来的人示意，或者与台下的听众互动一两句，逗得大家嘿嘿地笑，不时响起热烈而不喧哗的掌声。

他先介绍自己：我是黄西，“黄瓜的黄，西瓜的西”，到美国读了五年半时间，拿了个生物化学博士学位，结果现在搞单口相声，听说国内有方舟子，于是逢人就改口说自己“只是个硕士”。

接着，他讲了不久前回国的趣事和其他段子。

在北京买菜时，有人认出了我，不停地拍照。我就跟老婆说：“看来我长得真的很像一个人，黄西。”拍照的人听了，就走了。

二十年前，我有一辆自行车，烂得快散架了，而且只能向右拐，如果非要向左拐，就只有下车掉头重来。（他边说边做着骑车和掉头的动作。）当时骑着这辆破车，从中关村到天安门，整整用了一个半小时！这次回北京，朋友开着宝马送我，同样从中关村到天安门，还好，不是很堵，只用了两个半小时。

有人问，是北大的学生傲，还是哈佛的傲？当然还是北大的傲，因为哈佛的学生并不都是从北大来的。

大家听说新近哈佛学生集体作弊的事了没有？看来哈佛，正在尝试一切可能的事情。

一个有趣的现象是，钱欠多了反而不怕了，要钱的反而怕了欠钱的，就像美国和中国。我本人的名字，按照英语拼法，名在前姓在后，就是 Xi Huang，结果别人以为我姓“习”，钱都不敢问我要了。

到北京，看到人们一是喜欢高声聊天，聊天就像吵架；二是喜欢一吵起架来，就推推搡搡。美国绝没有这种情况，因为美国人都有枪。

说到美国的债务危机，美国是全球第一经济实体，债务也是全球数一数二的。

印度曾经遭遇灾害导致大停电，但是大半个印度硬是没受影响，因为那里根本就还没发电。

有一次到美国一个州去看斗牛，全场就我一个中国人。心想要为国争光，没想到一上去就被摔了下来，我就气急败坏地说：“撒哟纳拉（日语‘再见’的读音）。”

以前在中国学英语，This is a desk，This is a book，结果来美国，一句都没用上。

美国人老说汉语拼音有问题，“妈”和“马”是一个拼音——ma，他们不知道“拼爹”就更麻烦了，是“死（die）”。上海人一听这个更晕，“跌”？！股票又完了。

后来他放了一些幻灯片，配图讲了一些笑话，比如：罗姆尼在竞选总统时，让一群小孩排成一溜儿，每个小孩举一个他名字中的字母来造势，没想到有个孩子站错了位置，把本来要排成的“ROMNEY”，变成了“RMONEY”。

黄西在讲这些笑话的时候，台下不时有会意的笑声，但很少有国内春晚那种赚够热闹后的哄堂大笑。再后来他又用英语讲了几个笑话，场下的笑声就明显没有他讲中文笑话时那么多，还是母语文化更容易被逗笑一些。

最后是现场提问和互动。

一个大学生说，他看过黄西在白宫的那场脱口秀表演，不是特别懂，因为看的是中文翻译！结果把大家逗得“哄堂大笑”。

讲笑话就是讲真话。只有真话，才能赢得听众的“会心”一笑。要想感觉英语笑话中的幽默和“笑点”，必须对英语的谐音、多义、语境，以及特定时间、特定领域、特定地方、特定人群的文化背景很熟悉。否则，作为听者或读者，都难觉“好笑”，就更别提作为讲者或作者，要把别人“逗笑”了。

比如黄西那天晚上讲到，他在“中央二台”的企业家春节联欢晚会上讲笑话，说起王石老总的“红烧肉”段子，但不知怎么，大家就是没笑，估计他们都是企业家。这就需要你对万科老总的八卦新闻和做红烧肉的这件事有所了解，如果你自己也正好有“做红烧肉”的经历和体会，那就更好笑了。

听完黄西的笑话，有人还问我什么是“红烧肉”，为什么好笑之类的问题。可见这样问的人，没有发现这个笑话中的“笑点”。

美国脱口秀与中国相声和小品等，至少有以下几点不同：

一是美国笑话“冷”，总是冷不丁地一个急转弯，让你不觉莞尔。而中国笑话“热”，喜欢预热和加热，并辅以很多的身体动作，让人“笑个不停”。相较而言，美国笑话“费脑”一些，中国笑话则“直白”一些。黄西的笑话，更重语言本身，是更接近清口的一种个人“脱口秀”。中国最热的，还是那种有唱歌、绕口令和很多搞笑动作的“双簧”或小品。即使像周立波那种海派清口，也要伴有大量的动作和背景。

二是美国笑话更加需要观众的“自娱自乐”，需要观众的参与，包括语言背后的想象和现场的互动；听中国相声，观众更多的是“被动地”欣赏，除了旁观“看热闹”，很少主动“凑热闹”。黄西到白宫表演，就现场调侃拜登，后者也乐得被调侃。有时竟分不清，到底是谁在逗笑谁，演员和观众经常被“搅”到一起去了。

三是美国笑话除了侵犯他人隐私等法律问题之外，没有很多禁忌，而中国相声则喜欢讲好的和喜庆的东西，对那些负面的东西就较为禁忌，尤其很少敢拿长辈和领导开玩笑的。这可能源于老美的天生幽默和平等意识。比如黄西曾经给老美讲的一个笑话，说最好的车祸死法，莫过于撞上一辆水泥罐车，因为那样立马就可以变成烈士雕塑。（cement 是混凝土、凝结的意思，cemetery 则是墓地。）

倒是“本山大叔”的小品，经常模仿残疾人或者老农民的动作逗人笑，美国人认为那是侵犯人权，有歧视之嫌。

正如黄西自己所说，国内观众和美国观众感兴趣的方面不同，“笑点”也不同。国内观众喜欢大段落的“抖包袱”，美国观众则喜欢短小密集的“幽他一默”。华人观众感兴趣的是他作为一个中国人，在美国的生活；非华人观众感兴趣的则是，他作为一个移民，在美国的体会。

黄西曾经有着“典型的美国梦”，读博士当化学家，然后取得美国国籍，而今却实现了一个“邪门的美国梦”，改行给美国人讲笑话。这是风马牛不相及的两个极端。

也有人说这不矛盾，说黄西肯定研究了令人发笑的、特制的“笑素”或者“笑药”，而且是中西合璧的，要不怎么能够那么轻易地就把那些与我们不同语言和文化的美国人给逗笑了呢？！

用黄西自己的话来说，他的人生，本身就是一个大笑话。

生活中无处不在的法律

美国是个典型的法治国家。其法治，英语的表述不是“通过法律治理”（rule by law），而是“法律的治理”（rule of law）。法律不仅是一种治理手段，而且是治理本身。

美国人生活中充满了法律。法律规定林林总总，包罗万象，涉及社会生活的方方面面，其中不乏“严刑峻法”。但法治的背后也有温情和信任。最初我小心翼翼地严格遵守法律，谨慎程度有时略带夸张，但慢慢熟悉之后，我体会到了美国社会“以人为本”的宽容和以法律制约言行的好处。

刚到波士顿的第二天，我一大早出门去散步。此时已是春回大地、鲜花盛开的季节。清凉的晨风拂面而过，偶尔有一丝晨雾飘过。路上几乎没有什么行人，偶尔有小车经过，速度也是极慢的。我看到小车在经过交叉路口时，明明没有行人，也要在那里停一下，再继续行驶。因为我前一天晚上才在万家灯火中降落波士顿机场，看到这样一个完全陌生的清新世界，对此也来不及多想。

不知不觉，我也来到一个交叉路口，没有红绿灯，也没有城区道路的斑马线，更没有摄像头，周围更像一个乡村。这时，只见路边立着一个六边形的、红底白字的交通标牌，写了一个大大的“STOP”，地上竖着一块类似国内宾馆中“小心地滑”之类的、可以移动的三角形灯箱，上面画着一个三角形框，框内有行人的标志，并有英文标注。仔细看了一下，印象非常深刻的是有“State Law”（州法）和“will be prosecuted”（将受到检控）之类的内容。上面有个别单词的意思，我当时不是十分肯定，加之在国内开车不多，对交通规则也不十分了解，一时不知如何是好，于是怔在那里。

犹豫了好久，我还是不敢过马路，一时也找不到个人问问。过了好一会儿，一辆小车开过来，停在路口的中间道上，招手让我过去，我一想起违法和可能被起诉的提示，连连向他摆手示意我不过去，相互谦让了好几回，小车才慢慢开走了。后来看到一个当地人来到这里，径直横过马路去了，我才敢效仿，但心里还是七上八下的。

一路上偶尔碰到一两个行人，对方都很礼貌地微笑，或者远远地就站到一边让路。不知道他们为什么这么客气和小心翼翼，自己也就变得越发小心起来，生怕一不小心就违反了什么法律，甚至受到起诉追究。

回来后把这次经历跟夫人一讲，她被逗笑了。她说一个学法律的人到了美国，因为害怕违法竟然如此小心翼翼，真有意思。

后来才知道那个路牌其实是针对司机的，不是针对行人的，即按州法，如果车子在路口不“停”下来让行人先通过，司机会受到起诉追究。这次经历使我体会到，法治后面还有一句潜台词：“以人为本。”

有次我正好搭一个来波士顿十多年的华侨朋友的便车，便特意请教为什么司机要这样近乎执着地去让行人。他说：毕竟相较而言，行人走得慢，是“弱势群体”。这不得不让我想起国内开车人和路人之间的博弈。在国内，一些司机，尤其是给领导开车的个别司机，经常一踩油门，跑得飞快，碰到行动缓慢或者碍事的行人，要么狂按喇叭，要么把头伸出窗外，大声呵斥“找死啊！”，令人心惊胆战。

后来发现，美国生活中的法律，真的随处可见。

门上或院墙上，提示“不得入侵”（no trespassing）；公共场所，提示“不得嬉戏打闹”（no loitering），“不得乞讨拉客”（no soliciting），“不要乱扔垃圾”（no littering），“禁止吸烟”（no smoking）；具体路段、场所，提示“拖车费自负”（towed with owner's expense）；在养有鸽子、野鸭、野鹅等野生动物的公园，提示“禁止投喂”（no feeding），等等。这些提示不只是国内常见的那

美国禁烟法律提示

黄石公园内有告示牌提示乱扔东西处罚 5000 美元

种“粗放式”提示，会具体细致地提到州法或者联邦法的某章、某节、某条，甚至某款规定。

以禁止乱扔垃圾为例，一般都会标明乱扔垃圾最高的罚金数额，以及拘禁天数等。一般情况下提示罚款100美元，也有个别地方会高达5000美元。波士顿公园旁边的一条街上，有乱丢垃圾罚款1000美元的提示；黄石公园的黄石湖边有乱扔垃圾罚款5000美元的提示。想想丢个垃圾，就得交出六百多元人民币，甚至三万多元人民币，真是很严苛的法律。但时间长了我发现，虽然随处可见违法将面临高额罚款的提示，但事实上很少有人违反，也很少看到粗暴式的“严厉执法”或“钓鱼执法”。

波士顿的地铁和公交，是没有售票员或验票人的，乘车人自己刷卡进出站，公交车上只有一名司机。12岁以下小孩乘车免费，大人刷卡，小孩“尾随而入”就行了。波士顿的地铁门禁比起国内不知要落后多少年。如果有大人也像小孩那样快速地“尾随而入”，地铁站的机器是识别不出来的。另外，如果进闸机的人把身子往外探一下，门就可以开启，外面的人立马闪进去，是很容易的。所以，在波士顿，如果有意想逃票，真是太容易了。

我起初以为美国人都自觉，是不可能有逃票这种占小便宜行为发生的。后来看报才知道，麻州湾区交通局在2012年内就查处了四千多起逃票的案例，典型的逃票方式就是“尾随而入”，也有地铁工作人员过于热情和执法不严厉等因素。相关法律规定，每次逃票的人，根据所犯的次数，罚款是递进的，第一次逃票罚款50美元，第二次是 100 美元，然后是 200 美元、250 美元，直至拘留判刑等。

工作人员过于热情和"执法不严"的确常见，我自己也曾直接受益。有次一大清早送儿子去上学，上车一刷卡，自动售票机便叽叽叽地响。我一下子没反应过来，不知出了什么问题，一个劲儿给司机解释我的是月卡。司机笑了笑，招手让我上车，也没多说什么。落座后，在儿子的提醒下，我才知道那天是一个月的第一天，我的月卡应该重新充值了。

还有一次，我老师来波士顿，我们一起出去办事。我给他买了五美元的卡，心想每次扣两美元，来回也就四美元。没想到回来的时候，地铁闸机又叽叽叽地响了。插卡几次都是这样，一时不明原因，情急之下又不可能再去买票，我便把身子往外一探，让老师跟着闪进来。一个工作人员就站在不远处，我冲他微笑着耸耸肩，他也很友好地微笑示意。

记得好几次，公交车的司机或地面工作人员，看到排队上车人太多，为了不致造成后车拥堵，猜想我们都是每天搭乘且拥有月票或者周票的乘客，就直接让我们从后门上车，免了前门刷卡的环节。有读者在《地铁报》上抱怨说有些工作人员管理过于宽松，怂恿了少数逃票的乘客。

不管怎样，法治的背后，还要有温情和信任。

世上真有"免费的午餐"

从小到大，我们总是被告诫"世上没有免费的午餐"。到了美国才发现，免费的不仅有午餐，还有其他很多方面。

地铁上总看到一个公益广告，说只要你未满18岁，有困难就可以申请免费的食品，并公布了联络电话和网址。东北大学法学院司法人权研究中心有一个项目，就是关于食品和饥饿的，提出饥饿不仅关乎食品，而且关乎人权。让人挨饿，是有损人权的事。

儿子所在的学校不仅学费书费全免，而且早餐和中餐也都是免费的。就连放学后托管和补习性质的“after school”，到了五六年级也是免费的，只需象征性地出点注册费即可。暑假的暑期学校，因为中午12点就放学了，开始说明是没有免费午餐的，后来有慈善机构出面解决，因此照常免费提供午餐。

去接儿子放学时，好几次看他们一帮孩子到一个集中的地方排队领午餐。一般是汉堡包和饮料等，还有水果。不准带走，必须现场吃完，而且提醒不要浪费。领餐不需什么证件，只要是小孩，在手背上盖一个“小笑脸”的那种蓝色图章，就可以去不同的食品车前领饮料、比萨、汉堡包和水果，但每次一般是三样。你也可以只领一样或两样，也可以不领，都随你的便。也许就是这样，小孩子心中从小就植入了慈善、不浪费和感恩社会的观念。

平时到商店买文具、作业本等，一般是比较贵的。但开学时到指定的商店购买，便宜得几乎不要钱。厚厚的一本笔记本，只要几分钱。铅笔、橡皮擦等用品，便宜得不可想象。起初觉得美国人真傻，放着开学这么好的机会不大赚一笔，反而大打折扣，简直就是做亏本买卖。后来见多了，心想这也可能是一种慈善和“免费”吧。

一到冬天，报纸上都在宣传可以申请政府的御寒补贴。有些家庭，一个冬天可以申请两三千美元甚至五六千美元的电暖和热水费补贴。美国家庭一般都是24小时热水的。而且法律规定，如果房东出租房屋没有解决冬天供暖的问题，就是违法的。

不光如此，我参加大大小小几十次的聚会，小到几个人的沙龙、一二十人的讲座，大到几百人的圣诞教堂聚会，大多都有免费的食品和饮料供应，包括比萨、瓶装纯净水、咖啡、水果等。

不少法学院都有不定期的“lunch party”活动，就是一边吃东西，一边与教授、同学交流。一般遇到知名教授或名人来访，学校就会安排这样的活动，而且每次都同时以多种方式通知大家，并不忘提醒一句——Free food will be served！这也许与美国的饮食习惯有关，大多是快餐食品，可以一边聊一边吃。

在大学的课堂上，经常可以看到学生一边上课，一边吃东西，但态度绝对是端正的，并非我们认定的“不良违纪行为”，看起来也丝毫不觉得唐突。很多讲座，除了主讲人在讲之外，其他人，包括主持人和台下的观众，也是一边拿着饮料或者比萨在吃喝，一边听讲座。

我不大习惯吃西餐，也不喜欢喝咖啡，只是偶尔喝点纯净水或者随处可见的直饮水，大多数时候，我都自己烧开水，用一个保温杯装着。美国人觉得奇怪，纳闷我为什么大热天还喝热水？！他们除了热咖啡，没有喝热水的习惯，即便冬天喝饮料，都要加冰。不少旅馆过道上都有加冰的机器，但找遍美国所有的宾馆和家庭，除了少数华人家庭，是没有开水瓶或暖壶的。这些东西要到大型的综合性超市，或者华人开办的超市才能买到。

歧视与关爱

弱势群体难免受到歧视，减少或者杜绝歧视有待斗争和关爱。2014 年美国警察枪杀黑人引起了此起彼伏的反种族歧视浪潮，但就 2012—2013 年我在波士顿访学的见闻，美国人把反歧视和关爱，至少在“形式”上，做到了近乎完美的地步。

波士顿随处可见不得因语言、肤色等歧视他人的规定和提示。现在美国已经很少用白人、黑人、黄种人等称呼，而是直接以“亚裔”（Asian-American）、“非裔”（African-American）和“西语裔”（Spanish-American）来称呼，就是为了避免歧视。

记得第一次带儿子去市政府大楼的卫生室打防疫针，看到墙上写着“no discrimination”（不得歧视）的提示。夫人说，由此可见美国的歧视是较普遍的，要不然就用不着在公共场所这样大张旗鼓地标示了。这种说法确实也不无道理。

出去旅游时，导游开玩笑说：在美国，白人歧视黑人，黑人歧视咱华人。具体情况不知道，权当玩笑，但对于华裔的歧视确实也是存在的。哈佛大学篮球明星林书豪（Jeremy Lin），就直言自己曾经受到歧视。波士顿的华文报纸也曾报道，有个当兵的美籍华人，因为不堪承受歧视而自杀，队友骂他“小龙女”——龙在美国文化中多半是邪恶的象征，并非中国文化中的神圣图腾。最为典型的是 2012 年发生在苹果专卖店的那场风波。一个华裔女顾客因为买 iPad

而与警察起了冲突，结果遭到殴打。这件事在波士顿华人圈中引起很大的反响。

波士顿华人对于黑人也有歧视，只是黑人不知道而已，华人媒体中有对黑人的极端言语和报道。设身处地想，歧视的心理，每个人都有点。每次面对黑人兄弟，或者闻到印度人这种“亚洲老乡”身上刺鼻的体味时，我也经常忍不住要把头偏向一边，只是理性地提醒自己，要保持克制，切不可因表情或动作夸张，而伤了别人的自尊心。

但歧视并非天然就是针对其他民族的。美国独立战争初期，英国兵当时穿着红色的上装，有点像波士顿盛产的龙虾。于是波士顿人骂英国兵是“龙虾兵”、“红背心”。当时对一些穷苦的白人或者卖苦力的白人也有歧视，称其为“红脖子”（redneck）——从事体力劳动的白人，一晒太阳，脖子的地方就容易发红。

黑人兄弟在争取人权和反对歧视方面的努力，确实可歌可泣。正因为有民权领袖马丁·路德·金博士这样优秀的黑人兄弟的抗争，今天黑皮肤的奥巴马，才有资格参加总统竞选并最终当上总统。

以前听人说，本山大叔的小品，每次都拿残疾人和农民兄弟“开涮”，在美国是会受到起诉的。心想可能言重了。到了波士顿才知道，你可以嘲笑政客、名人，可以调侃自己，但你绝对不能嘲笑弱势群体，否则说不定就吃官司。你很难想象，如果在公交车或者地铁上，模仿残疾人“卖拐”的样子，在美国，那将意味着什么？！波士顿的华文报纸说赵本山是“以贫入笑”，只知一味地对残疾人和农民“贫嘴”或者“耍贫”，这是之前未曾意识到的。当然，这不能怪小品演员，更多的是观众的品位和社会风气决定的。我们一些不重视弱势群体权益保护的文化和习惯，确实值得反思。

人都有劣根性，但文明人能以理性的力量，赋予感性的温暖。我在波士顿访学期间，见识了很多针对老幼病残等弱势群体的贴心设施。

去东北大学法学院听课，我前排就坐着一个盲人学生，旁边就是他的导盲犬。他每次来上课，从未见有人特别地照顾他，在导盲犬的陪伴下，他“无障碍”地往来于学校各个场所，这在国内还确实少见。

更让人惊讶的是，一次我下班时，刚一推开法学院的大门，只见一辆电动的残疾人轮椅车开过来，上面坐着一个歪着脑袋的女生，鼻子上还插着吸管。轮椅车从我身旁快速滑过，进门去了。因为轮椅上的女生个子较小，好像整个人蜷缩在轮椅里，我没来得及看清大致样子。我怀疑自己是花了眼了，回来跟夫人和儿子说起，大家都觉得插着管子上学，太不可思议。

在波士顿的街上，我多次见到过残疾人独自开着电动轮椅车，到处“横冲直撞”，慢慢地也就见多不怪了。这些行动不便者之所以能够畅行无阻，很大程度上得益于大学里的楼道设计以及整个波士顿的道路设计等。

在东北大学，门外的道路有专门的斜坡供残疾人轮椅通行。靠近教学楼和办公楼的残疾人通道上，还有专门的栏杆和扶手。波士顿因为冬天寒冷、风大，楼下一般都有两道门，而且都是向外拉或者向外推的。来到法学院大门，旁边触手可及处有一个带有残疾人标志的圆形按钮，一按，第一扇门就自动打开，第二扇门同样如此，残疾人便能无障碍地进到电梯和所需的楼层。教室里也为残疾人安排了前排的位置；四周的过道上，轮椅也是畅行无阻的。座位可以上下调整高矮，有几个位置还特意标明了“残疾人专用”，并提醒大家不要调低它。

停车场里，最方便的车位总是带有残疾人轮椅的标志，是专门给残疾人预留的。公交车也是无障碍的，车上总有两排座位可以移动和卸装。每次遇到残疾人上车，司机就会控制、架好上车踏板，

方便残疾人游泳的吊椅

腾出空间，待残疾人的车子停放稳当后，再为之系上安全带，以免轮椅车滑动。地铁上的空间本来已经够宽，但是每次残疾人的车子上来，乘客还是会主动让开，但不会过于热情地去帮忙推车，可能是相信残疾人自己能行，也可能是以免伤了对方的自尊心。但是司机除外，他们似乎有帮助残疾人的法定“职责”。

去游泳池，我也看到为残疾人游泳而准备的专用吊椅和吊架，设计非常到位。有几次，我正好站在游泳池的旁边，看到工作人员协同其家属把残疾人推到专用吊车上，系好带子，然后放入水中，取下带子；等残疾人游完泳后，又将其固定在吊架上，然后转到地面，坐上轮椅车。工作人员全程都十分热情、耐心，真是把残疾人顾客当成了自己的亲人。

相较而言，国内大学、公交和道路设施的设计，距离“零障碍出行”还有一定距离。回国后，我还看到网上报道一个残疾人坐公交车不行，打的士又被拒和遭白眼的事情。导盲犬陪同盲人“独自”上地铁和公交车，也是最近才开始的事情，仍然没有得到广泛的理解和支持。在国内，很多残疾人因此选择少出门、不出门，在实在必须出行的时候，旁边也有人陪着。

税收那些事

刚到波士顿没几天，我去哈佛校园逛，看中书店外的地摊上一本小的法律旧书。因为标价 1 美元，我便拿出 1 美元钞票去付款。但服务员一个劲儿地说着些什么，我就听清了一个单词“six”。她不知怎么跟我解释，支吾了好一会儿。我突然想起了什么，忙问她是不是额外要交税，她如释重负，高兴地肯定着。原来，一本1美元的旧书，还得再付6美分的税。

刚开始去超市买东西，商品的价签上往往同时标有批发价、零售价、持卡价，以及每日或每周的特价等，显得很复杂。比如一瓶柠檬汁，价签上先是标明多少美元一加仑，然后又标明多少美元一瓶，或者多少美元一打。

美国人的消费观念就是买得多优惠多，买多省多。超市从来就没有卖一瓶一瓶的纯净水的，要买就是一箱几十瓶，而且价差很大。在超市买一箱35瓶的纯净水也就三四美元，但到外面，比如地铁站、“food truck”或者临时摊贩处，最少也是一美元一瓶，高的要三四美元，甚至五六美元一瓶。

超市的购物单上也专门有税收一栏。不过总的税收不多，买个二三十美元的东西，也就几美分而已。一般来说，超市里的鱼肉蛋菜、粉面包点、水果、酱醋、调料、牛奶、老干妈、腐乳等副食品是不收税的，只有那些一次性塑料杯、纸巾、洗衣粉等是收税的。商场里的衣服鞋袜等，有的收税，有的不收税。在美国人看来，穷人多半是靠消费基本必需品过活的，过于收取穷人的税，有“劫贫济富”之嫌。

波士顿绝大多数超市和商场，统一麻州税率为6.25%，偶尔有的地方“州和地方税”收7%，如一个叫“COSTCO”的批发市场。

留心购物的电脑小票，我渐渐发现了美国税收的一些规律。一般电脑小票上，会在每项商品价格后面打出收税“T”（Tax）或者不收税“N”（No）或“F”（Free）的标志，最后注明需要交税的总价和实际应交税款。

尽管政府收税“明打明”，而且还不低，但在销售淡季也不忘实惠一下老百姓。麻州因为这些年财政状况还可以，就从 2004 年开始在每年离 8 月的 11 日、12 日最近的周末，授权州长签署同意免税两天。

2012 年 8 月 11 日和 12 日正好是周末，这两天凡是 2500 美元以下的购买额，都一律免收州税。我们一家人便“兵分两路”出去采购。我和儿子一起去剑桥的“河边”（riverside）电器商场买电脑。在填单让服务生去拿货时，我心里没底，便多嘴地问了句：“今天是免税的吧？”没想到那个黑人小伙子竟然斩钉截铁地说“NO”，好像一点商量余地都没有。我非常纳闷地问为什么，对方回复：“Everybody is，but not you. You guy must！”（别人都能免税，唯独你不能，你必须交税！）我一下子没反应过来，在儿子的提示下才明白对方是故意开玩笑的。最后，一台四百美元左右的电脑，省了二十几美元的税，心里有那么一点小小的成就感。

除了麻州的免税日，波士顿人还可以去离得很近的免税州——新罕布什尔州享受免税待遇。我们偶尔也去那里买一些电器或包袋之类的东西，一个 iPad 可以省掉二三十美元的税。如果网上购买 iPad，在麻州就只能在免费刻字纪念和免税优惠之间“二选一”。有些留学生就在官网上购买时要求刻名字做纪念，然后把收货地址填到免税的新罕布什尔州，这样就“一举两得”了。

有意思的是，美国很多公共场合都会提示你，税收来自你的腰包。比如地铁上就写着：这里的卫生服务是由你的税钱支付的。在国内，常看到城市的大型广告牌上，一群身为税务人员的帅哥靓妹着正装或是排成一排，或者是敬礼，宣传“纳税光荣”。其实一般人并不清楚纳税与公共事业之间的关系，甚至不清楚自己在消费的时候就在纳税，认为自己连“光荣”的资格都没有。大多数人以为，只有做生意的人和那些高收入的人才纳税，“我是纳税人”这句宣言，对靠工资吃饭的普通人而言，说起来多少有点底气不足。到美国这么一折腾，每次明打明地扣税，多少就有点“心疼”，反倒强化了一种意识——我是纳税人！

纳税意识和制度没有渗透到生活的每个方面，是中国式税收的短板。

我年轻时在国企做过销售，当时以业务费的名义提成，大概是总货款的3%。这笔钱其实主要用来打点和应酬相关采购人员。税务局的人来，按“送出去一半，自己得一半”来收税。我便问“得一半”的依据在哪里，并说有时为了应酬我们还倒贴呢。“所得税”，收的就是“所得”的税，没有“得”，又谈何纳税呢。税务局的人哑口无言，最后不了了之。

出现这样的情况，一方面说明当时的税收征管有问题，另一方面也反映了包括我自己在内的一般人缺乏纳税意识。平心而论，那时也不是没赚到钱，关键是光靠纳税人的自觉，或者那种估计加统计的方法来收税，是靠不住的。

小费文化

美国的服务业尤其是餐饮业，服务生工资一般不高，收入主要依靠小费，而且小费不收税。

刚到美国时，去饭店吃饭，对于怎样给小费心里很没底。给多了好像没必要，给少了又怕人家认为太小气，不够gentleman。于是我还特意请在这里生活过一段时间的访问学者吃饭，现场“见习”了一下。

小费是针对服务的。有服务生给你添茶送水，问你是否需要其他酒水饮料，一般而言就要付小费。如果是大排档，没有特别针对个人的服务，自己取食品，服务生只是把饭菜搬到桌上的话，要么就是不用付小费，要么就是小费已经算到总价里了，不必再另外单给。

有时也纳闷，这小费到底是单独给每一个服务生，还是一起给几个服务生呢？是给到服务生自己手里，还是交到前台和饭菜钱加在一起付呢？如果不给到服务生手里，又怎么保证不被老板克扣呢？

事实是，一般为你服务的，会是固定的服务生，不存在几个服务生同时为你服务的情况。所以在西式餐厅里，不要随便看到服务生就喊茶水酒水服务什么的。很多初来美国的内地同胞，不懂得这一点，就像在国内就餐一样，见谁喊谁，难免不闹尴尬。但在一些规模不大的中式餐厅里，我也确实见过生意不忙时，服务人员“互相帮忙”的情况，估计他们对小费自有一套分配办法。

有些餐馆的小费是和饭菜价格一起到前台结算的。正规的餐厅会给你一个消费单，让你自己填写小费“Tip”一栏，然后结算。如果是刷卡消费，前台一般会在你先前刷卡结算饭菜价格和税费的基础上，凭你后来签字的小费单，再行扣除，而无须二次刷卡。如果是现金消费，可以在离开时，把小费直接放到桌上；也可以在结账时，在饭菜价格和税的基础上，加 18% 左右的小费凑个整，比如，饭菜酒水总价是 59.55 美元，那么就大致加 20%，给他 72 美元即可。

按照华人的习惯，一般午餐的小费要比晚餐低一些，午餐常在

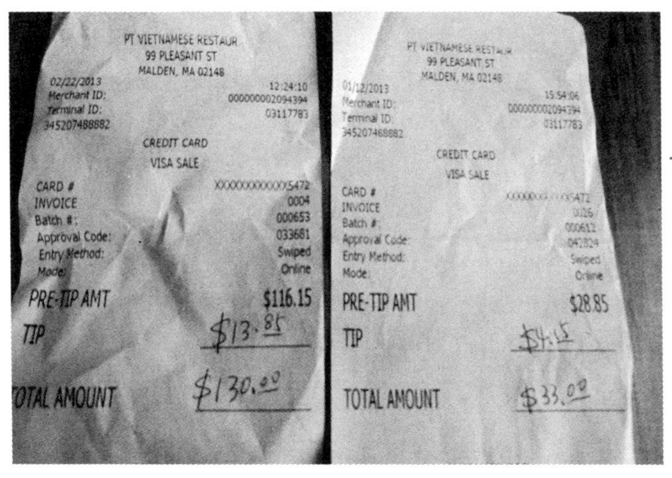

两张含小费的结算单

10%—15%，晚餐则在 15%—20%。如果吃饭的人超过 5 人，即所谓的“party over five”，就至少要付 18% 以上的小费，否则就有点小气。美国客人的小费一般在 20% 以上，有时高达 30%—40%。

酒店的行李员一般每件行李付 1 美元的小费，礼宾员每次服务大概付 3—5 美元。早晨起床后，也有人往宾馆的床上放一两美元，算是给打扫卫生的工作人员一点心意。宾馆的档次越高，小费相应也会越高。

如果是打的，小费一般是车资的 15%，根据心情，也可以给高点。有一天因为急事，我在不是停车的地方招手打的。有个司机见我着急，竟然停车载我。出于感激，虽然只有 7 美元的车费，但我有意给了他 10 美元，等于付了超过 40% 的小费。他一个劲地道谢，我也感到很舒服。当然，如果司机还帮你搬行李，就再多给 1 美元小费，以表心意。

有次跟团去黄石公园和尼亚加拉等地旅游，导游和司机两个人加在一起，每天收每个乘客 7 美元的小费，不分大人和小孩。他们都是在旅游快结束时才收，还一个劲儿地感谢团队里的每一个人。

如果你初来乍到，即便没给小费，也没人问你要，服务讲信誉。小费在顾客而言，给的是心情和修养；在服务生而言，收的是尊重和回报。小费不收税，在某种程度上就是体现了一种对服务性劳动的格外照顾。小费不是施舍，也不是硬性收费，而是一种顾客与服务生的双向尊重和互惠。尽管美国社会对给小费有大概的标准，但你完全可以多给、少给，甚至不给，这都是你的权利。

记得我第一次去理头发，一进理发店，理发师估计看我是生客，很热情地说欢迎光临，还告诉我他的名字叫“阿斯法”（音译）。我心里挺奇怪，一个理头发的干吗要告诉顾客他的名字呢。

问他理发多少钱，他指着墙上的价目表说：大人15美元，小孩13美元，洗头第一次免费，以后每次加收3美元。这规定也很奇怪，店家也不怕人家免费洗了一次头发后就不来了。

我让他给我理发和洗头，临走时没给小费，他也没问我要，态度一直非常热情。后来因为选择了离家更近的一家理发学校理发，我果然很长一段时间没去他那里。没想到有一次在街上散步碰到他，他还主动跟我打招呼。

时间长了，考虑到理发学校的理发师毕竟是学徒，技术不稳定，而且老换人，学好的就毕业了，新来的又不熟练，加之儿子担心被剪成“阴阳头”不肯再去，我们又回到阿斯法那里。我让他理发还洗了头，总价18美元，然后给他一张20美元的整钞，并说不用找零了，他表示非常感谢。

后来我发现当地人理发，一般都不要求洗头，理完就走人，而且每次给一张20美元的整钞，一律不找零。但我每次都洗头，没零钱就给他一张20美元整钞，有零钱就多给一两美元，他也无所谓。

有一段时间，麻省理工学院的BBS论坛上，就探讨“小费那些事”，打了很多口水仗。有人对唐人街个别中餐馆服务不满意，觉得给小费不值；有人觉得华裔就是没有给小费和尊重服务生劳动的意识，个别顾客甚至以为小费就是“施舍”，吃完饭后竟拿1美元或者

"找零都不要"的角角分分来当小费。

从市场调节的角度来看，小费给得高，服务生就来劲，餐馆生意就好，得到的服务也好，反之，小费给得低，或者不给小费，服务生就没积极性，服务就糟糕，餐馆生意就不好。要么良性循环，要么恶性循环。美国这样明打明地收"税"和"小费"，的确与我们国内惯常的做法不同，区别其实不仅在于"明"和"暗"，更在于消费者的感受：交税说明你是国家的主人；给小费说明你是侍者的主人。这样的小费文化，能让侍者的服务与收入更好地联系起来，而且把"奖勤罚懒"的权利直接交给了顾客，真正让顾客尝到"当上帝"的滋味。

枪击恐怖

高晓松在《晓说》中说到美国枪支文化时，提到的一个观点值得注意：杀人的不是枪，是人；枪不是枪，是权利。这可能代表了相当一部分美国人的观点。

美国人对枪的喜欢，一点也不逊于车。美国不仅是一个车轮上的民族，而且是一个尚武嗜枪的民族。美国现在大约有一半人口，将近一半的家庭，持有枪支。大致说，全美三亿人，就有将近两亿五千万支枪，或者说，全美三亿支枪，三分之二在民间。

因此，枪在美国屡禁不止。美国时常发生枪击案，简直称得上是"枪击恐怖"，这已经成为国家悲剧，甚至有人称其为"新式恐怖主义"。据说在美国，每年有上万的人死于枪杀案。从总统到平民，都可能遭到枪击的厄运。

自从1960年代，出生在波士顿的肯尼迪总统和曾在波士顿读过博士的民权领袖马丁·路德·金被暗杀以来，美国共有四十多万人死于枪击，比“二战”时美国死亡的人数还要多。如果再算上每年大约饮弹自尽的两万人，那么自1968年以来，美国死于枪下的人数，已经超过一百万。

二十多年前，因枪击事件痛失爱子的吉布逊（Gregory Gibson），曾经在《纽约时报》撰文，说自己一度“一项不落”地参加呼吁枪支管制的活动，集会、签名、写信、演说等，不过他最终还是放弃了，因为他最终意识到，问题的实质在于：“这是我们美国人想要的生活方式。我们要自由，我们要火器。哪怕必须不时忍受一下校园枪击的痛苦，也只能这样。这真是奇耻大辱，不过，中国有个家伙不也刚刚用刀子犯了同样的罪行吗？”

关于持有枪支，还有最重要的一点，美国宪法第二修正案（The Second Amendment）规定：“公民有持有武器进行防御的权利（the right of the people to keep and bear Arms）。”作为个人，美国人有权决定是否持有枪支；作为整体，美国人持枪不仅是一种宪法权利，而且是一种不可被剥夺的“天赋人权”。

2012年或许真有可能是沾上了“末日”的缘故，发生的种种灾难，都很令人震惊。除了总统大选日一周前发生的令奥巴马连任“因祸得福”的桑迪飓风（Sandy Hurricane）外，印象中有三次主要的枪击案轰动世界，这也是美国历史上同类案件中影响较为严重的。

第一次是7月20日在丹佛首映《蝙蝠侠前传3：黑暗骑士崛起》的现场发生的枪击案。这起枪杀案造成至少14人死亡，50人受伤。我当时在哈佛大学上课，回来的路上，才听一个中国同学说起。她说，当时电影放映现场不少人看到别人踉跄着倒下去，还以为是3D电影里的特技表演呢！没想到摸到了血，大家才慌忙逃命。据说那个凶犯后来被关在监狱里，一帮死刑犯要置他于死地，说他是魔鬼，是撒旦转世，咒骂他太没人性了。

第二次是8月24日纽约帝国大厦发生的枪击案。这起枪杀案后来证明与恐怖袭击并无明显关联，是一个员工不满其主管的报复性案件，造成包括凶手在内2人死亡，至少8人受伤。其时我们刚从那里旅游回来不到三天。两天前，我们还在帝国大厦楼顶俯瞰纽约全城呢！回想起来，不免有点后怕。这起枪杀案因发生在纽约帝国大厦这个标志性的地标建筑而出名。

第三次就是圣诞前夕（12月14日）发生在康州西部纽镇之桑迪霍克小学（Sandy Hook Elementary School）的校园枪击案。这起枪杀案，造成包括20岁的凶手亚当·兰扎（Adam Lanza）和他的母亲在内至少28人死亡，其中遇害的20个孩子，全部是6—7岁的小学一年级学生，最大的还不满7岁，真是惨绝人寰。

上述三次枪击案都因距离波士顿不算太远，当地媒体报道较多，人们谈论也多，所以特别有印象。感觉丹佛电影院和桑迪霍克小学的枪杀案，已经不能用一般的“枪击”（shooting）来描述，简直就是“大屠杀”（massacre）。波士顿的《地铁报》在康州小学枪击案发生后的第一个星期二（2012 年 12 月 18 日），发表了《波士顿为纽镇哀悼》一文，开头就写道："尽管康州纽镇在波士顿 150 英里之外，但得知周五枪杀案后的悲痛和震撼，感觉就如同在家里发生的一样。"

这一天的《地铁报》还报道了波士顿陪审团裁决 35 岁的德利 • 摩尔（Dwayne Moore）犯有四宗一级谋杀罪，并被判处终身监禁不得假释的新闻。这是麻州最高的刑罚，因为该州在 1980 年代已经废除了死刑。据萨福克地区检察官办公室称，·德利 • 摩尔被控枪杀致 4 人死亡，其中包括在 2010 年的马塔潘凶杀案（Mattapan massacre）中入室抢劫和杀死一个 2 岁的孩子及其母亲。

波士顿市市长，那个有点发胖，略带结巴，但十分受人爱戴的门里罗先生，还特意发表了讲话。他希望这个裁决能够给受害者家属带来安慰，并说麻州惨案提醒我们"现在是采取行动的时候了"。他还说："无论如何，事实依然是，从马塔潘到纽镇，枪暴是感染我们社会的一种癌症。作为市长，我目睹了太多的生命消逝和永远的伤痛。我们再也不能忍受麻木不仁的惨案，必须采取一个全国的政策，以堵住有关枪支的法律漏洞，让所有的自动武器远离我们的邻居。"

每次枪杀案后，美国上下都是十分震惊和悲痛，尤其是面对康州小学 20 个花朵一样的孩子就这样瞬间惨死。奥巴马在纽镇哀悼仪式上，一个一个地念着每个遇难孩子的名字，几度哽咽。他对在场的死难者家属说："我清楚地知道，任何语言都不能描述你们内心深处的痛苦，不能疗愈你们伤碎的心。”中国大陆的数十家媒体也大篇幅报道了这次康州小学枪击案，标题多是《心都碎了》、《美国心碎》。

凶手的父亲和其母亲的娘家人都声明道歉、悲痛与心碎，并痛苦地发出询问：“我们也同样想知道，到底为什么？”

大家都想知道为什么，应该怎样采取行动，到底该怎么办。围绕康州小学枪击案，政府和民众的思考、讨论主要涉及下面六个方面。

（1）枪支滥用问题

这次康州小学校园枪杀案的凶手兰扎随身携带了一支半自动步枪、两支手枪，车上还留有一支猎枪。携带的子弹多达数百发，其火力足以杀光全校学生！如果没有警察的逼近，后果更是不堪设想。

美国私人拥有的枪支，三分之一是手枪。手枪无法打猎，却经常成为杀人的武器。警方透露，兰扎的母亲一共拥有五支合法登记的枪，兰扎此次行凶就是拿的她的枪。

造成枪支滥用的一个很大因素，是枪支买卖的失控。

就在康州小学枪杀案发生的上个月，感恩节后的“黑色星期五”（因每年这一天商店打折促销，顾客疯狂采购而得名），美国人购枪就创下了纪录，光 11 月 23 日的电脑审核购枪背景调查，就超过 15.4 万起，全国 11 个月的购枪交易达到 200 万笔。

枪店随处可见，购枪轻而易举。光在纽镇周边的四个郡，就有 400 家枪店，其中 36 家距案发地桑迪霍克小学只有 10 英里。

只要没有重罪记录，或没有被法庭认定有精神症状者，就可以轻易买枪。凶手兰扎案发前就合法买了两支手枪和一支长枪。正如报纸上“读者来信”中一个美国读者说的那样，兰扎使用的这种武器是用来打仗的，不是用来打猎、自卫或保护家园的，也绝对不是宪法第二修正案所谓“训练有素的民兵”这一条款所支持或保护的。

（2）精神疾病问题

每次枪击案的法庭上，精神疾病问题总是成为辩护的理由。杀人的不是枪，是人。对心理疾病患者的照护，比枪支管制更重要。

美国社会大约有十分之一的人有人格失调症，约百分之一（约二百四十万）的人患精神病，有百分之二三十的人被诊断出有心理疾病，比如各种各样的忧郁症、躁郁症等。这些人中的近半数，还同时有两三种以上的心理疾病。美国每年约有二千二百万人至少有一次以上的情绪失调。

元旦节到纽约游玩，发现当地的报纸报道，已有几起精神病患者推倒乘客，令其跌落地铁轨道而致死伤的事。媒体还提醒人们注意那些可能患有精神疾病的“游民”，尤其是不要与那些自言自语，或者情绪不正常的人“对上眼”。

这次康州枪杀案的凶手兰扎就患有“自闭症”。他的同学得知兰扎杀人的消息时，一点也不觉得意外，因为在同学眼里，兰扎就是一个沉默、孤僻的“活死人”。兰扎这次犯案，据说是因为害怕母亲要送他到精神病院去，于是先在家里杀死了母亲，然后驱车到母亲当教师以及他自己曾经就读过的小学再实施杀戮。

康州枪杀案后，一个母亲发表文章说，她有一个13岁患有心理疾患的儿子，动不动就发脾气，骂她，还拿刀扬言要杀她然后自杀。

这位母亲感觉自己就像凶手兰扎的母亲，“沮丧而无助”。

美国社会存在这么普遍的心理疾患问题，也许是与陌生的美国人之间不怎么交流有关，他们不如中国人那样喜欢聊天。也有人指出，我们不少华人在公共场所聊天就像吵架，固然有失优雅，但中国人的热情开朗、脾气来得快去得快的风格，或许值得美国人学习。

（3）法律问题

涉及持枪的美国法律，最为人们熟知的，就是被称为“权利法案”之一的美国宪法第二修正案。该法规定：为了保护各州的自由，就必须有训练有素的民兵，人民拥有和携带武器的权利不容侵犯。

这里涉及州的自由、人民防止自己不受政府侵害的权利问题等。也有人批评说，不能对这个宪法条款抱残守缺，或者加以曲解。这个条款里规定的是“武器”，而非“枪”。尽管当时立法的时候，武器指的的确是枪，但现在已经是核武器时代了，难道还要人民配备火箭、导弹不成？！况且当时签署法律的华盛顿等“开国之父”们，可能没有预料到自动步枪这东西，但他们一定预料到了一个公民的个人责任，而这恰恰是今天我们这个社会已经失去的东西。

（4）利益问题

美国人为什么这么爱枪，制售枪支背后的利益和推动，也是一个重要因素。

每次总统竞选，美国“全国枪支协会”（National Rifle Association，NRA）都不惜砸重金，为政客赢取选票，从而获得政客胜选后在执政上的支持。

这次康州枪杀案发生后，大批民众在华府的全国枪支协会总部门前示威，要求奥巴马总统推动枪支管制立法。不少原来“挺枪”的民众和议员，也大幅转向，提倡严管枪支的支持度骤然升至50%。

华府参议员华纳表示：“我一直是宪法第二修正案保障人民拥枪权利的坚定支持者，并且受到全国枪支协会的顶级评价。不过，当前状况已令人难以接受，我自己还有三个女儿。”

（5）暴力电影和电玩问题

暴力电影和电子游戏，有时无异于枪击“示范片”。丹佛电影院的枪击案，毫不夸张地说，就是一种典型的“现场表演”。

美国影视界明星也注意到了这个问题，康州枪杀案后，有人指出，娱乐界要对枪支暴力事件承担部分责任。随后几部即将公演的暴力电影，都因此推迟了首映。当然也有不同声音，其中一部电影《决杀令》的导演就说，每当全国发生枪杀案，他都要为电影中的暴力镜头而辩护，真的对此深感厌倦。

（6）安保漏洞问题

在安全保卫措施上进行防备，确实是有必要的。比如加强学校、影院等公共场合的门禁和登记等。麻省理工学院的才子们还在网上提出一种方案，那就是利用指纹辨识，或者在枪中预先装入一种芯片，一到装有反应系统的禁枪场所，枪支就会自动关机。

这次康州枪杀案后，全国步枪协会并没有就禁枪明确表态，但呼吁所有的中小学都应该配备持枪警察。后来有些州还对教师进行了武装和用枪培训。

康州枪杀案留给人们无尽的反思，假如买枪不是那么容易，假如兰扎的母亲不去教明知有自闭症的儿子射击，假如她不担心牵强的“世界末日”而在家里备放如此之多的枪支弹药，假如兰扎的精神疾病得到及时的照护和预防，那么惨案也许不会发生。但假如永远只能是假如，世上没有后悔药。亡羊补牢，尽管已晚，还得要补，否则，美国很难摆脱悲剧重演的阴影。

康州枪杀案后，枪支管制的呼声空前高涨。奥巴马总统责成副总统拜登采取行动，誓言将控枪立法作为2013年的一个重要目标。纽约市市长彭博一直是坚定的控枪支持者，他在多位枪击受难者家属出席的一个集会上，呼吁奥巴马总统和华府对枪支管制有所作为。他说，枪击暴力已成国家悲剧，如果总统不能有所作为，意味着美国未来四年还要死至少四万八千人，这相当于“越战”中牺牲的美国兵数量。

华人大多不喜欢私人拥有枪支。一个年轻华人在网上说，他支持禁枪，但前提是所有的美国人都没有枪。国内同胞一般容易站在自己的角度来看美国的禁枪，其实是不准确的，因为两国的文化不同。

美国宪法第二修正案中的“民兵”，也不是我们所理解的带半官方性质的“武装民兵”或者“基干民兵”。它是自发组成的，谁都可以牵头，只要大家愿意，凑在一起就行，不愿意了就随时解散。

第二修正案其实是与其他修正案联系在一起的，比如州的权利，比如住宅权、人身权等。美国宪法第十修正案规定：“宪法未授予合众国、也未禁止各州行使的权力，由各州各自保留，或由人民保留。”第三修正案规定：“在平时，没有主人同意，任何士兵不得驻扎在民居；在战时，亦不得驻扎，除了法律规定的方式以外。”第四修正案规定：“人民的人身、住宅、文件和财产不受无理搜查和扣押的权利不得侵犯。”第九修正案规定：“本宪法对某些权利的列举，不得被解释为否定或轻视由人民保留的其他权利。”

因为实行联邦制，要保证州的权利，就必须让老百姓持枪，确保州有相对于联邦的权利和自由。加之，私人财产和住宅等神圣不可侵犯，枪支对于美国人的意义，是我们中国人难以理解和“感同身受”的。也许在有些美国人眼里，家里有枪就和有菜刀一样正常。我们一般只想到枪的可怕，很难想到它在保护私人权利和州权利方面的作用。

因此，在支持枪支管制的呼声空前高涨的背景下，仍有不少美国人指出，私人持枪也制止了不少凶案和犯罪，其正面作用远胜于枪杀带来的负面后果。据说当年洛杉矶暴乱的时候，由于华人不喜欢家中持枪，很多家庭遭到歹徒的洗劫，而不少日本、越南等亚裔持枪家庭就幸免于难。

或许关键不在于私人是否可以持枪，而在于是谁在持枪，以及如何持枪。持枪人的个人德行、社会责任心和心理健康，是值得注意的。

也许正因为私人持枪和住宅不可侵犯的缘故，我住的周围基本上是可以“夜不闭户”的，从未看到有像国内装防护窗的房子。就连波士顿市中心的房子，也绝看不到所谓的防盗窗，只是一些楼层不高的老房子的外墙上，有很多消防楼梯。

尽管学校的网站以及当地报纸，一到热天总提醒注意防盗。但我从未遇到过失窃或者小偷光顾的事。有几次因为着急外出，或者晚上到其他房间串门，我的房门通常都是虚掩了事，从未有失。有时同楼的几个年轻人从网上订购 iPad 这样的贵重物品，邮局也是放到未锁的门内即可。

不知为什么，尽管我们和房东都是不喜欢持枪的华人，但一想到美国的宪法修正案和枪、住宅权等，心里就格外踏实。除了媒体报道的恐怖枪击案外，枪对于一般老百姓而言，是增添住宅安全信心的，并不会让人感到恐惧。事实上，到美国将近一年，我从没听到过枪声，也没有亲眼见到有在公共场所持枪的老百姓，只是偶尔听朋友说听到过枪声。

不过痛定思痛，美国人都意识到了禁枪，或者管理枪支、关注精神疾患的必要性，提倡合法持枪、理性持枪。也许只有爱，才能解决这些所有的问题。

2012 年圣诞节后我和儿子到纽约游玩，路过康州时，看到路边大幅的灯箱广告上写道：“我们是桑迪霍克人（We are Sandy Hook），我们选择爱（We choose love）。”那里离康州枪击案的案发地桑迪霍克小学不远。

尾声 “波马”爆炸案与“疗愈波士顿”

还有一个多星期，就要踏上归国的飞机，离开波士顿了。正好接下来的4月15日是波士顿马拉松赛（以下简称“波马”）的日子，心想这次回国之前，看看“波马”比赛和爱国者日（Patriot Day，每年4月的第三个星期一，2013年正好是4月15日）的活动，随后去一趟康科德，再到芬威球场看一场棒球赛，整个游学历程就算圆满了。然而4月15日当天去现场看马拉松赛时，却遭遇了震惊世界的“波马爆炸案”。

决定去看马拉松比赛

4月13日，星期六，我们几个访问学者在一起聚会。其中一位美国东北大学的博士生是这一次马拉松赛的志愿者，那天我身穿一件防风雨的黄色登山衣，她还调侃说有点像马拉松赛志愿者的服装。

我说自己有时间也很想去当志愿者，但现在早已过了申请时间，只能去当当看客了。14日是星期天，朋友石子也发来邮件，提醒我星期一有马拉松比赛。

之前就知道，波士顿的马拉松比赛是全球五大马拉松项目之一。而且与其他马拉松赛不同的是，它有报名程序和条件的“门槛”限制。想要在波士顿参加马拉松比赛，得提前一年半进行身体测试，达到相应的要求才能得到报名“资格证”。据说参赛者必须达到相应年龄的二级运动员水平。也许是困难反而激发了人们的斗志，每年波士顿的马拉松赛，尽管不是安排在周末，而是被安排在与麻州“爱国者日”同一天的星期一，但仍然具有巨大的吸引力。

我之前从未现场看过马拉松比赛，心想就一帮人跑步，估计也没有什么好看的。何况那么长的距离，观众又不可能追着运动员全程跑。但这一次，我想体验一下现场观看马拉松比赛的感觉。

于是上网查看马拉松赛程，提前了解和确定几个值得观看的地点。应该说全程有三个地点是最被推荐的，终点线所在的波士顿图书馆肯定是其一，另外两个分别是威尔斯利女子学院的“尖叫通道”（Screaming Tunnel）和纽镇的“心碎坡”（Heartbreak Hill）。据说在“尖叫通道”，有漂亮的女生为了给选手加油，会喊出或者打出“Kiss me”的口号。而在“心碎坡”，选手跑到那里，已经很疲惫了，却要遭遇一个爬坡，坡道尽管不长，但很难受。英雄难过心碎坡，英雄也出自心碎坡，只有过了心碎坡，才能成就“真英雄”。

4月15日早晨7点半，我们一行人乘坐地铁转火车去威尔斯利女子学院。路上顺便在地铁站领了一份每日免费的《地铁报》。报纸的头版就是马拉松的照片，用了一个黑体的大写标题《眼中只有一个目标：冲过终点线》（*Just one goal in sight: Cross the finish line*）。其他版面介绍了当天“马拉松星期一”（Marathon Monday）和“爱国者日”的看点和美食等。

在等火车的时候，我看到有人手里拿着统一印有马拉松赛标志的纸板，估计是用来写加油口号的。我就打趣地跟同行的小朋友乐乐说，不要问路了，跟着那些拿纸板的人走就可以了，绝对不会有错。

第一站：威尔斯利女子学院

坐火车来到威尔斯利女子学院，天气格外好。

春日的阳光下，威尔斯利图书馆前的马路两边，早已有很多人在等待，不少人还准备了折叠椅摆放在路边。许多穿黄色衣裳的志愿者，正在路边码放饮料、水和一些必需的体育用品。路边还有卖小孩玩具的地摊。很多人还牵着狗。不少年轻的父母，带着自己的几个孩子在玩。有的小孩骑着自行车；有的坐在路边的椅子上，手里拿着彩色的充气塑料棒，准备给运动员加油。

同行的师弟一个劲儿地说，这可真是踏青的好天气。我也说这哪里是看马拉松比赛啊，简直就是在“自娱自乐”。趁着比赛还没开始，我们也四处转转，拍起照片来。威尔斯利女子学院的确漂亮，两边的青草坡上开满了鲜花，马路桥下的溪流边有白天鹅在休息。

图书馆对面坡上的教堂，精致而典雅。巨大的草坪上摆着椅子等供人休息。很多参天大树，一看就很有历史感。我们连连赞叹，不愧是宋美龄、冰心、希拉里等读过书的学校，宁静、优美、古典。

值得注意的是，国内很多网站都说威尔斯利（也有译成“卫斯理”的）女子学院是宋氏三姐妹读书的地方，其实是误解。真正三姐妹都读过书的美国学校，是威斯利安学院（Wesleyan College），中文翻译时搞混淆了，后者在美国南部的佐治亚州。只有宋美龄在两个学校都读过书。她是宋氏姐妹中唯一在这个威尔斯利女子学院读过书的人。

看到威尔斯利女子学院树木葱茏的景象，我们开玩笑说大学之大，看来不光要有大师和大楼，还要有大树，因为大树更是年月和历史的见证。

拍了几张照片，到处看了一下，就听见有人开始呐喊助威。人群变得沸腾起来。

第一队出发的是残疾人运动员，已经陆续有人通过这个路段了。那些腿脚不便、乘坐轮椅的残疾运动员，看到大家为之吆喝鼓掌，更是格外用力地用手滑动起车轮来，有的躺在赛车上，用力地转动轮把。

间或有警察的导引摩托车开过，在运动员前面引路。一队穿着迷彩服的大兵走过，大家报以掌声，他们一个个走得更加笔挺了。偶尔有敞篷小车开过，车上的人向观看比赛的人群招手，大家又是鼓掌又是吆喝，有的还打响哨。忽而几个志愿者推着一辆轮椅经过。

“波马”残疾运动员正通过威尔斯利女子学院路段

我们还看到一个老人推着辆残疾人轮椅向前跑着，大家又是一阵激动，尖叫、鼓掌此起彼伏。我们也跟着加油鼓劲。

看到这些“飞奔”而过的运动员，我想起了当天《地铁报》上介绍的迪克（Dick Hoyt）、里克（Rick Hoyt）父子：72 岁的迪克老人，推着儿子里克的轮椅，前来参加他们的第 31 次波士顿马拉松赛。这对父子的故事曾被拍成了影片《霍伊特队》(*Team Hoyt*)。里克因出生时缺氧，不能说话也不能走路，通过一部能用头的侧面控制鼠标的计算机与外界“沟通”。1977 年里克 15 岁时，一位中学同学因意外而瘫痪了，学校为那位学生举行跑步筹款，里克也通过计算机说出自己的心声：“爸，我也想参加。”于是，之前并非跑步运动员的父亲推着儿子跑完了 5 英里的全程，并带着儿子参加随后的波士顿马拉松比赛。这次比赛前的一个星期一，他们父子俩的塑像已经被立在马拉松赛的起跑线上了。

之前波士顿本地的网站还介绍了一个名叫阿基里斯自由队（Achilles Freedom Team）的残疾老兵运动队。其中一个残疾老兵说，他们想证明没有腿，也能跑完26.2英里的全程。他们还打出口号——“It’s breathing-taking”。这些残疾运动员的乐观和自信真的是非常感染在场的观众。

看完了残疾人组，后面就是男子组和女子组等，估计起点那边是分组出发的。我们计划在这里看到11点半左右，再坐火车赶回波士顿图书馆附近的终点，去看运动员的最后冲刺。

一边准备离开，一边很遗憾没有时间去看那个“尖叫通道”了。这时正好有一个本地的美国妇女很友好地跟我们说现在跑的是“快组”（fast group）。我便问她“尖叫通道”还有多远。她用手指着前面的方向说，还有半英里，但很早就挤满了人，现在已经挤不进去了。

转战终点线看台

我们于是乘坐火车回波士顿市区，但一路上火车经常临时停车，开得很慢。担心看不到终点比赛，我们就没有按原计划坐到南站（South Station），而是在后湾站（Back Bay）下车，从那里转乘橙线地铁到市中心站（Downtown Crossing），再换乘绿线地铁到波士顿公共图书馆所在的科普利站（Copley）。

结果绿线地铁上人特别多，我们开始后悔当初没有跟着那些在后湾站下车的人一起步行去终点，兴许那样还会快些。我们乘车相当于兜了一个大圈子。

绿线地铁上，旁边一个中国女孩知道我们是去看马拉松比赛的，提醒我广播里说科普利站今天封站，只能坐到前一站阿灵顿（Arlington），或者后一站海因斯（Hynes）。

等我们下车时，已经下午1点钟左右了。一下车，便跟着涌动的人潮往前走。走到阿灵顿的另一个绿线出口，发现那里已经关闭。人太多了，那些选择从后湾站一路走过来的，虽然路途很近，也拥挤得根本走不动。我说，今天失策了，没想到这么多人，终点线看来是挤不进去了，就差着一两百米啊。看来上帝不可能让我们把所有的好处全占了，看完威尔斯利女子学院段，就再难看到波士顿图书馆的终点线了。

后来发现一些运动员披着防冻用的塑料衣往外走，可能是已经跑完全程准备回家了。我们便沿着运动员出来的方向，跟着人流走，只见街上两旁停了很多校车（school bus），车窗上标着不同组别的运动员号码，里面有一个个统一包装的塑料袋，可能是装运动员的手机、钥匙串和食物等物品的。

路上的人都三五成群，很少有运动员单独行走的，一般都与两三个朋友或者家人、孩子在一起。有个七八岁的小姑娘，披着她爸爸的那件塑料衣，觉得很好玩；两个弟弟妹妹拉着爸爸妈妈的手，一家人其乐融融地走在波士顿公园旁边的人行道上。看来，马拉松赛不仅是比赛，而且是不少马萨诸塞州人全家春游的好日子。

我在“波马”爆炸现场200米外

在波士顿公园旁边的麦当劳吃过中餐已经快下午2点了，我们打算从公园街教堂的位置进入波士顿公园去逛逛。沿途停放的都是警车和消防车等。

没走一两分钟，一个高大魁梧的警察在我们的左前方招手，示意我们走到右边的马路上去。似懂非懂间，我回头看其他人的举动，看到我们左后方的一个警察，放下了手中的对讲机，歇斯底里地对着我们左前方的那个警察大喊，并且向他的方向跑去，接着两手捂住耳朵，作了一个迅速卧倒的动作。

我一看，本能地一跃而起，心想可能是发生枪杀或爆炸了！于是我赶紧拉着同行小朋友乐乐的手，猫着腰冲过右边的马路，冲上台阶。这时我们听到“嘭”的一声沉闷响声。头脑中立马闪现凶手端着枪，沿途扫射过来的样子。

台阶上早就有人打开了房门，让我们进去。大家惊恐未定，不知道刚才听到的是什么声音。是不是枪声（gunfire）？一个女孩说好像是爆炸（bomb）。后来大家都说好像是爆炸。同屋有个女孩开始打电话报着平安。再看外面，街上瞬间鸦雀无声，只有警察在那里走来走去。一两个刚才没来得及躲藏的人，小心翼翼地躲进我们的门里。

一个女的，估计是房子的主人，赶紧给每人倒了杯水，喝完了继续问我们还要不要。大家就那么待着，打听到底发生了什么事，但刚开始大家都一头雾水，不明所以。十几分钟后，看到外面有人走动了，我们也就出了那所房子。还是不知道发生了什么事，茫然地一直往前走。路上看到很多运动员从我们前面的地下通道走过来。出来的运动员都秩序井然，有人在打手机，好像比完赛后在给家里人报信。耳边开始传来不间断的警铃声，救护车、警车频繁从旁经过。

由于之前在美国常常见到这种场面，这次我们一开始也没觉得有什么不正常，心里想可能是身后的波士顿公园那边出了点什么小差错，也许是有人开枪，也许是爆炸。周六聚会时，那个做马拉松赛志愿者的女博士生还说起，在波士顿，什么事都会发生，她一个朋友走在路上，不知怎的手掌居然中了一颗流弹。

带着些许恐惧，不觉又往前走了好远。身体已经相当疲倦了，便想回家。于是去问最近的地铁站在哪里，一个热心的女士指着前面不远的地方，说最近的地方就是那里，绿线肯莫尔站（Green Line Kenmore）。没想到走过去一看，两个警察守在铁栅栏口，说这个站已经关闭了。

问想去市中心（Downtown Crossing）怎么搭车，回说还得往回走。结果又往回走了很久，决定再去问路。在波士顿，不是万不得已，我一般不愿意去问路，因为对方太热情，如果他们不知道的话，还会经常停下自己手边的事，又去帮你问别人，搞得我每次总是不好意思地一个劲道谢。

于是，我去问路边的警察怎样搭车去摩登，他说只有去橙线地铁的市中心站。天呀，那还得走多远啊！正好有个运动员路过，他告诉我们可以搭乘1号巴士，然后到麻州大道站（Mass Avenue）转乘地铁。我谢了他，心想刚才由于内急占用了标明运动员和志愿者专用的移动厕所就已经很不好意思了，现在咱就不去凑这个热闹了。

没想到往回走的路并不容易。好不容易又到一个地铁站，发现早已封站，还用黄色标有“caution”字样的警戒带子围住。只好从旁边的房子后面绕道走。旁边的路人都很安静，没有任何人高声喧哗或者打闹。

这时看到路边一个二十多岁的白人女孩，披着塑料衣，和她妈妈抱着哭，爸爸在一旁用手不停地抚摸她的背。不明所以的我笑着跟同伴说，你看她多激动！心想生活本来就应该是这个样子的：给自己家里人，或者好朋友加油，一起分享这春天的美景，何乐而不为？！

这么想着和说着，腿脚早已走得酸疼。好不容易来到刚来时看到的华盛顿骑马铜像门口，又看到警车停在路边，六七个穿迷彩服的大兵，每个人都端着冲锋枪，荷枪实弹的。波士顿公园也被封了！

乐乐嘀咕着：怎么又封住，还带枪？！我也纳闷，这次为什么要搞得如此兴师动众？！这时就听有人说“JFK”什么的，并且手指肯尼迪总统图书馆的那个方向。我便想，刚才听到的巨响，是不是肯尼迪总统博物馆和图书馆那边打的枪。

只得沿着中午吃麦当劳的那条街绕道前行，走到公园街教堂，也就是萨福克大学法学院前面的地铁站去。没想到公园街这个地铁站也关闭了。

最后，我们走到市中心橙线站，终于可以乘车了。因为实在太累了，就在站里坐下来休息一会儿。这时地铁上的一位女工作人员，忙过来问我们有什么要帮忙的没有。一个年纪较大的老妇人，推着辆车子，也过来跟我们说了几句，一开始我没太听清，后来模模糊糊听到死了两个人。那么严重吗？！

没想到抬头一看，我们站错了站台，是去市里的“Inbound”，而我们回家的路线是“Outbound”。于是赶忙走到另一边的站台去。这才想起刚才那个老人可能是以为我们要去市中心，要我们小心点。

时间已快下午6点了，出市中心方向等车的人特别多，平日这时也是高峰期。等了半天，终于上了回家的地铁。顾不得斯文，我看到有个座位没人，一屁股就坐上去，实在累得不行了。一路上倒没有什么异常，只听到旁边两个站着的小伙子在聊天，说“很震惊”。

回到家已是6点半左右，打开电脑和电视，才知道波士顿马拉松赛现场发生了连环炸弹袭击事件。这一消息已经传遍全世界了。而在现场不远处忙于躲避和找路的我们，对此却是一片茫然。后来看了所有的邮件和网上新闻，才知道大概是怎么回事，只觉得自己的危机意识确实不够强。

我赶忙给朋友石子打电话，给家里人发了报平安的短信。石子说知道我去现场看比赛了，所以很担心，她们马萨诸塞州立大学波士顿分校下午气氛非常紧张，因为发生爆炸的肯尼迪图书馆就在学校旁边。我说我们当时就在现场200米外，不过隔着几栋房子，不知具体发生了什么事，也不知马拉松是否停赛了。

拜谒康科德

不知怎的，遇到波士顿马拉松爆炸案这个突生的变故，我越发有了要去康科德的想法。

我自己分析，“第一枪”的打响地主要是在莱克星顿，虽然那里离康科德不远，但康科德只是一个人口仅一万七千多的小镇，估计不会入恐怖分子的“法眼”，因为无法造成轰动。另外，据说波士顿南边普利茅斯（Plymouth）的核电厂，因担心恐怖袭击，也已经高度警戒了。

为了不留遗憾，我下定决心要去康科德，去看看霍桑和梭罗等文学大师当年云集的地方。我一辈子没崇拜过什么人，但不知怎的，随着年岁的增长，觉得与这两位作家很“投缘”：一个是故乡湖南湘西的沈从文，一个是美国波士顿的霍桑。两个人都是那种眷念故乡和亲人的人，做人做事也很中和，很低调。

当即我便上网查询路线和乘车信息等，准备第二天“只身”去康科德“冒险”。后来几个朋友知道我要去康科德，也跃跃欲试，都想去看看产生文学名著《小妇人》和《瓦尔登湖》的地方。尽管有风险，但估计没危险，第二天大家就一起出发了。

康科德是一个美丽宁静的小镇，那天游人不多，没有一点紧张气氛，好像这里压根还不知道波士顿刚发生的爆炸案似的。这次一日游的经历完全颠覆了我原本对广场、公园两个单词的理解。

按照计划，我们择定了四个要去的地方，即康科德广场、“一分钟人”国家历史公园、瓦尔登湖和康科德博物馆。当时把“playground”下意识地理解成了“广场”，并非不知它还有操场的意思，是根本没往那上面想，结果循着地名到达目的地后，只见操场，根本不见什么广场。那就接着去“一分钟人”国家历史公园吧，因为那里可能景点集中，可以再找机会去其他的地方。照我原来在国内的理解，一个城市公园，再怎么大，走路观光应该是没有问题的，结果实际体验之后才发现，这种公园大得有点像“黄石公园”了。

我们按照地图上的大致方向，一路走，一路找“一分钟人”国家历史公园。没想到，我们一连走了约三英里（将近五公里）的路了，还没看到公园的影子。路上没有几个行人，我们走得有点着急了，一方面想找厕所，另一方面觉得目的地遥不可及，有看不到尽

我在看不到边的“一分钟人”国家历史公园

头的感觉。于是只好去问三个背着包开车出来旅游的美国人。结果他们说，到那个公园游客中心还有 4 英里。其实现在我们已经在公园之中了，只是除了来时的那条马路外，到处都是宁静的山村野景。

于是只好掉头往回走。幸运的是，我们沿途参观了霍桑的“路边屋”（Wayside），经过了他们经常聚会的女作家艾尔柯特的故居，还有爱默生的故居等。途中经过一个叫什么“角”（Corner）的地方，据说就是当时打仗的遗址。那里现在还有块墓碑，标明埋着一个当时被打死的英国士兵。

厕所也找到了，没想到那么一个偏僻地方的路边厕所，竟然非常干净整洁，没有异味，与周围的乡村美景非常协调，有水，有手纸，还有洗手液，比国内一般宾馆的厕所还要卫生。有个朋友非常感慨，想起了一个“老外”在中国蹲厕所的“段子”：一个来自美国的朋友到国内一个法学院上厕所，结果没拿手纸，尴尬地待在厕所里出不来了，因为美国的所有厕所几乎都是备有手纸和洗手液的。

回来的路上，我们还去了康科德博物馆，买了几本小书。我一路上直呼幸运，要不是和几个朋友一起来的话，不知我一个人将会是多么无趣和艰难。

后来吃饭的时候，一个朋友说他发现美国的国旗好像总是降半旗似的。大家就笑着提醒他，现在的确是降半旗呢，而且要连降五天。波士顿马拉松爆炸惨案才过一天，他好像就忘记了似的。美国降半旗这个现象，的确如那个朋友所说，非常普遍和常见。这样的决定既可以是为领导人，也可以是为平民，体现了对个体的尊重。

事实上，经过“惊悚的一周”，直到第二个星期一，即4月22日“波马”爆炸案一周纪念日，波士顿依然是降半旗的。这一天下午2点50分，全美为爆炸案遇难者默哀一分钟。

从康科德回来，我计划第二天（4月18日）休息一天，19日再去东北大学听讲座和看棒球赛。

奥巴马总统参加追思会

18日一早打开电视机，还是马拉松爆炸案的24小时直播，电视上打出的主题是“疗愈我们的城市”（Healing Our City）——刚刚承受巨大伤痛的波士顿人，特别是遇难者家属的心灵，的确需要疗愈。当时正播放奥巴马离开华盛顿来波士顿参加为遇难者举行的教堂追思会的镜头。

镜头显示，奥巴马偕同夫人米歇尔离开华府的时候，天正在下雨。在总统落地波士顿之前，罗姆尼也出现在镜头中，他和其他波士顿要人早已等在教堂里了。那个可爱的门里罗，史上任期最长的市长，也坐着轮椅来了。

奥巴马下飞机的时候，马萨诸塞州州长派屈克和参议员华伦等到机场迎接。无法想象这一天，波士顿机场的安检有多严格。

追思会上，各位教堂的主教或牧师发言时，都感谢州长提供了这样一个让所有宗教聚集一堂的机会。其中一个女牧师说，我们被“震惊”（Shaken）了，但不会被“吓倒”（forsaken）。

几个牧师轮流祈祷后，华裔音乐家马友友神情专注地演奏了巴赫的《无伴奏大提琴组曲 5 号》，用音乐寄托对这场悲剧罹难者的沉痛哀思，令众人动容。电视画面反复播放着教堂内外的情况，还有奥巴马把手指放到嘴角的特写镜头。

门里罗市长在工作人员的帮助下，“折腾”了好几分钟，才从轮椅上腾挪下来，“站”在那个讲台上。他强调：“我们是波士顿人，我们是一体的，住在同一个城市，生活在同一个社区，属于同一个民族。”这很类似于前一天（4 月 17 日）成立的慈善基金“1Fund”的宗旨。州长派屈克在发言中说，4 月 15 日是马萨诸塞州“爱国者日”，是马萨诸塞州发明了美国，美国和马萨诸塞州在一起。

奥巴马一出场，大家由衷地站起来鼓掌欢迎。他即兴进行了长达 20 分钟的讲话，代表美国政府向死难者致哀，问候百余名受伤者。他先是描述了 4 月 15 日这一天从幸福美好到悲痛哀悼的变故，一一念了三个遇难者的名字，并提及他们在世时是如何优秀和善良。

他说：坎贝尔是个很美丽的美国女孩；中国女孩吕令子是很优秀的学生，其家庭将她送到波士顿大学读书，让她感受这座城市所能给予她的一切；8 岁男孩理查德，永远有一个大大的微笑，还只是在看台上想吃冰激凌的年纪。这些描述让人听了，无不动情。

奥巴马还说，他和米歇尔今天是以法律学生的身份来到第二故乡波士顿的。他代表美国人民关注波士顿，也代表他们自己，因为“波士顿是我的家”。说到最后，奥巴马无比激动，说话像打机关枪一样“连发”。他誓言要找到凶手，让每个人都感到公正的力量。

看完奥巴马追思遇难者的电视直播，我又特意去了一趟波士顿

电视直播中奥巴马总统提到“波马”遇难的吕令子

尚未解禁的“波马”爆炸现场

公园旁边。那天最开始看到运动员出来、拐角处停了校车的地方，拉着警戒线，旁边摆放了很多现场留下的衣帽、鞋子和玩具等，还有自发前来悼念的人们送来的鲜花，旁边还挂着一面中国国旗。三个遇难者的遗像和白色的十字架并排放在最左边。从左至右，依次是那个8岁男孩、中国女留学生吕令子和那个美国女孩。不少记者在拍照。

看着遗像上吕令子灿烂的笑容、那个男孩脸上挂着的大大微笑，以及围栏上挂着的那天运动员跑完后披挂的塑料风衣、四散遗落的物品，我内心相当受触动，也庆幸自己的“劫后余生”——当时好像有一只无形的“手”，把我们生生地拦在了爆炸现场外。如果那天我们挤进了终点线附近，多半就会站在发生爆炸的地方。

后来，我曾试图去找那天慌乱中进去躲避的那间房子，但已很难记起它的准确位置。只知道房子外面有台阶，墙是白色的，有两扇门，门上半身有玻璃，可以看到外面。它大概就在过了那座消防纪念碑没多远的地方。

途中看到一座雕塑，其前的地上有人用粉笔写着“波士顿坚强”（Boston Strong）的大字。波士顿公园里华盛顿骑马的铜像前，椭圆形的草坪上也插着很多小孩和学生用自己画的图制作的小旗，上面写着“波士顿坚强”和“波士顿是我家”之类的话。

看到此情此景，不禁感慨造化弄人。要知道，在4月15日马拉松比赛那天，波士顿人在26英里的全程，每英里都竖起一块牌子，以纪念去年在隔壁康州纽镇桑迪霍克小学校园枪击案中遇难的26位孩子和老师。马拉松比赛开赛前，全体还默哀26秒以示纪念。来自康州纽镇的“纽镇坚强队”（Team Newtown Strong），为每一个遇难者跑上1英里，并且为一个慈善基金募款。基金的名字就叫“纽镇坚强基金”（Newtown Strong Fund）。没想到之前还在悼念康州纽镇的遇难师生、安抚“纽镇坚强”的波士顿人，几个小时后竟然自己就得面对恐怖和坚强！

空城搜捕和缉凶

4月18日深夜12点，一直小声开着的电视WBZ台（CBSBoston.com）突然插播新闻，报道警方发现两名嫌犯，追赶他们至波士顿郊区的水镇（Watertown），那里距离波士顿有10.8公里。随后在水镇发生了枪战，一名麻省海湾运输管理局警员中枪，受了重伤，被送往剑桥的一家医院。官方正投入大批警力搜捕。

电视上枪声、爆炸声、警笛声和狗叫声响成一片，只有警察和记者在街头。联邦调查局说，他们是利用国防部的记录和姓名，与照片匹配，锁定两名嫌疑犯的，并公布了嫌疑人照片，寻求公众帮助搜捕。

19日早晨起来，电视仍在滚动播出事件进展。警方已经证实了两名犯罪嫌疑人的身份，是来自俄罗斯车臣附近的两兄弟，一个19岁，一个26岁，已经来美国十多年了。

记者采访了两兄弟的叔叔，叔叔一个劲儿地表示“无语……震惊”，说他们中的一个是永远的“失败者”，两兄弟的父母还住在俄罗斯。

波士顿警方，附近地区驰援的警力，加上联邦调查局，大批警力正在市郊展开地毯式搜捕。哈佛大学、麻省理工、爱默生学院等学校宣布停课，水镇等宣布暂时封锁，商铺关门，公共交通、出租车全部停运，全城严正戒备。电视等媒体提醒大家尽量不要外出，警察在劝说等车的人赶快回家。麻州州长派屈克随后发表讲话，要求所有的波士顿人现在最好都待在家里别出去。

我赶忙和本来约好要听讲座和看球赛的朋友联络，取消原定活动，并与国内亲友通报相关消息。恩师何文燕在短信中叮嘱我“小心点，少出去”。一个好朋友也回短信说：“发动群众，挨家搜查，和国内的套路一样哈。”

于是只得在家上网看电视。到上午9点50分左右，电视上说已经击毙一名嫌犯，后来证实是26岁的哥哥。但是另一名嫌犯仍然在逃。在接受采访中，两兄弟的父亲说，小儿子很聪明，在波士顿达特茅斯分校学医学，是一个“真正的天使”。叔叔也说小的那个是个“安静的好孩子”。当被告知大侄儿被警察打死时，他说：“他活该！”

至此警报尚未解除，而且宣布所有纳税点关闭——这几天是马萨诸塞州报税的最后期限，据说这段日子很容易引发冲突。电视上继续在提醒，如果你住在水镇、纽镇、剑桥等地，务必待在家里别出去。

"感谢上帝，我们抓住了他！"

4 月 19 日午睡醒来，我到家附近转了转。空旷少人的街上，偶尔有小车开过。不少学生在地铁站下面的摩登高中球场训练橄榄球。

地铁站里空无一人，一大堆《地铁报》都没开封，堆放在墙边的地上。我拿了一份。出于好奇，正准备往里看时，一个地铁警察正好来开锁。我们互相怪怪地打了声招呼。

他把门打开后，我走进去看了下，发现平日卖中文报纸的那个商店，根本就没有开门。整个地铁站，就是我和他两个人。我说我是来买报纸的，我们互相耸了耸肩。

随后我便回头往家走，没走 100 米，看到橙线地铁从 Oak Grove 站开过来。我下意识看了下手机，下午 6 点过 6 分！我随即拨通了石子的电话，告诉她地铁已经开通了。

回家看电视才知道，警方已经锁定另一名嫌犯藏在一个房子旁边的船里面。有人看到那里的血迹，打电话报了警。大约晚上 9 点，最后一名嫌犯被抓获。警察随即清理现场，并召开新闻发布会。

波士顿市市长说："感谢上帝，我们抓住了他！"

美国总统奥巴马说："波士顿人拒绝被胁迫。"

从周一至周五，正好五天，凶手被绳之以法，可以暂时告慰遇难者及其家属。正义又一次得以伸张。这场持续将近二十四小时的"全城总动员"，也终于画上了一个圆满的句号。这可能是全世界为之瞩目，而且可能载入史册的一次现代城市大搜捕：所有大中小学停课，所有公共交通和出租车停止运营，商店被要求关门，居民们被要求待在室内，部分城镇被封锁，警察逐屋搜索。但这一切，都是值得的。

这一天，正好是当年波士顿打响美国独立战争“第一枪”的日子。波士顿再一次变得更加强大。

2013 年 4 月，美国东部时间 19 日星期五晚上 23：59

（北京时间 20 日星期六中午 11：59）

初稿完成于大波士顿的摩登市枫树街租屋

2015 年 1 月 4 日三稿修正于中南大学铁道学院梅岭苑

跋　游学归来“中美梦”

做梦一样，美国访学归来已近一年。

去年的今日，我正行走在波士顿的大学或周边，闲来就写这本亲历性的《游学波士顿》。而今天，我坐在书房的电脑前，网上显示的多是当前东莞乃至全国范围“扫黄”的消息，还有一直热门的“反腐”和“中国梦”。望着窗外恬淡的阳光，心里有种难得的平静。这是长沙2014年第一场雪后的第一个晴天，空气很好，如此明净的天空是极为难得的，朵朵白云边甚至现出平素少有的蔚蓝。一直令人头疼的雾霾，也不见了踪影。

我是去年4月26日早晨离开波士顿，转道西雅图回国的。当时国内正热播《北京遇上西雅图》，所以我在游览了西雅图郁金香种植园、微软总部和华盛顿大学之后，还特意登上了电视剧中西雅图那个地标性的“太空针”（space needle）。回到长沙已是“五一”劳动节，从此继续着我既熟悉又略显陌生的国内生活。

熟悉的是国内的热闹、快节奏和人情味，陌生的是霾和功利。这种熟悉和陌生，是我身在美国一年和回国一年来生活的对照，是略带夸张的“切身体会”。

说起热闹，中国人爱热闹是出了名的，这一点到美国各地的唐人街一看就知道。这种热闹，某种程度上透出中国人的家庭亲情和交往温情，这在美国是相对稀缺的。记得去年暑假，我到山东菏泽参加弟子的婚礼，碰到一个叫吴迪的兄弟，他的对人热情和爱热闹，令我印象深刻。初次见面，他带我去看他爸爸的几千箱藏酒（他爸爸因此被称为“藏酒痴人”），请我们欣赏他收藏的古董，完全没有一点对陌生人的防备之心。他还叫上一大帮朋友陪我们吃饭，执意帮我向人讨要了一幅画着菏泽牡丹的国画，那种豪情和仗义，直逼“梁山第一百零九条好汉”。

去年网络上比较引人关注的中国大妈在纽约因跳广场舞扰民而被警察带走一事，更是凸显了中美两国的文化差异。在国内，声讨广场舞扰民的声音一直都有，也出现了不少民事纠纷。国内很多人都是重私德轻公德，喜欢热闹扎堆，缺少对公共卫生和他人生活安宁的关心。但从另一方面，也确实反映出中国人的爱热闹，如果不干扰别人生活的话，的确不失为一种积极的人生态度和生活方式。

说起霾，其实在我出国之前，长沙可能就有，只是没有对比，也就没有特别在意。但在见识了波士顿的蓝天白云和市区内随处可见三五成群的野鸭、野鹅、海鸥、松鼠等野生动物后，回到长沙就觉得天空格外灰，更加感到环境保护的重要。除了偶尔在校园里看到为数不多的麻雀、鸽子等鸟类之外，几乎见不到其他野生动物，这一现实让我开始对国人什么野生动物都吃、什么野生动物都打的陋习产生了强烈的反感。

再说功利，中美两国大学不同的课堂风格和学习风气，让我更加意识到国内应试教育日益加剧的功利性。记得刚回国那阵，我给在职研究生上课，学生多为有社会经历的成年人，有的是任职多年的律师、法官和检察官，看到他们课堂上空洞洞的眼神、爱来不来的学习态度，我总会想到美国大学课堂上那种热烈的互动，感叹这真是天壤之别啊。于是我试着“逼”他们与我讨论，甚至“争论”。学员们后来说，总算体会到了分数和文凭之外的一点大学精神和乐趣。

上本科生的“民诉法”课，我要求学生结合“三课”（课本、课堂和课外）进行学习和互动，鼓励他们对我编写的教材进行“挑刺”和“辩论”，大到观点的商榷，小到标点符号和打印错误，并且向他们强调大学关键在能力，而不在分数——“60分万岁，其实是很好的励志口号”！于是，同学们把原本有“眠素”之称的“民诉”，学得有滋有味。不少同学在课本上用不同颜色的笔勾勾画画，圈点得满满当当；课间休息时的提问和答疑，经常让我上厕所都没时间。

但没想到，期末考试时，竟然有三个平时表现很好的学生因作弊被抓了现行。这三个学生平时从不迟到旷课，而且每次作业都完成很好，基础也很扎实，算上平时成绩，无论如何也不会总评不及格的，但不知为什么，他们还要作弊。后来其中有个学生告诉我，自己就是为了“表现更好些”，以便可以评奖、推优或者保送研究生。

“好学生”也作弊，而且不止一个，这让我感到很痛心。他们作弊的目的，不是为了考试通过或及格，而是贪心。小孩子偶尔顽劣犯点小错误，本不值得大惊小怪，但这一次，却促使我反思：除了他们三人自身的原因外，外界社会的不良影响，某些奖惩、评价机制的急功近利以及中小学应试教育的“贻害”等，也是不可忽视的因素。

说实话，儿子从美国回来后，每天都面临繁重的作业，周末还有好几门课外辅导班，在残酷的排名和白热化的分数竞争面前，我真不知道该怎么办。有次听到一个课外班的老师不无“鼓励”地说，我儿子如果保持现有的势头继续努力，初中毕业就可以考到公共英语三级，高考就可以得到英语 120 分以上（以 150 分的总分计算），我默默地走开了。

破解“钱学森之问”，尽管有体制、机制的障碍，但作为一名教育工作者，我觉得有义务去发现、去思考，去改变我能改变的一些现状和问题。从美国回来，我更爱自己的教师职业和学生了，爱得有点挑剔、有点痛苦。

2012 年底，习近平总书记在参观《复兴之路》展览时强调，“实现中华民族伟大复兴，就是中华民族近代以来最伟大的梦想”。奥巴马的胜选感言也是《为了永远的美国梦》。两个国家领导人提出的国家梦，都在本国人民中产生了共鸣。相对而言，中国梦更侧重于民族的复兴和国家的强大，美国梦更追求个人自由和成功的实现。作为一个体制内的学者，我深知个人的成功是与集体和国家分不开的。

也许在“中国梦”和“美国梦”之外，我们每个人都还有一个共同的梦，那就是希望梦想成真。这是充满正能量的“中美梦”，而不是做白日梦。急功近利只会适得其反，而只要我们脚踏实地去做，哪怕是从未奢望过的事，也会有实现的那一天。

就像我去美国这件事，还真是我年轻时做梦都没有想过的。波士顿是我结婚以来，除长沙之外，唯一一个如此长时间居家生活过的地方，以至于我现在每说起一件事，总是不自觉地带上“出国前”和“回国后”的口头禅。美国，似乎成了我个人生活的“断代史”。

几天前一个闲暇的上午，我在品读梭罗《瓦尔登湖》中的“春天”时，回想到我去年春天在波士顿每日的环湖晨练，突然想到该是联系出版并与大家分享这本书的时候了。

这本书，是我作为一个大学教师，一个法学博士、伦理学博士后，以波士顿游学为切入点，在整整一年中，对美国文化和教育的体验和思考。所谓“美国印象”，其实只是对美国文化和教育的印象，不一定准确，更谈不上“正确”。尤其是只有一年的时间，只关注了波士顿这么一个地方，尽管它堪称美国文化和教育的一个缩影。概观美国两百多年的历史和各州之间存在的巨大差异，这确实很难说是一个全面、完整的美国印象。但无论如何，这些都是我真实的经历和心路历程，其中激情的和真实的“我”，是事隔一年以后重读当初完成的书稿，仍能感觉得到的。

本书的写作初衷，就是想把我在美国波士顿一年访学的亲身经历和见闻思考，不揣浅陋，拿出来与大家分享，尤其是与那些对美国教育和文化感兴趣的学生、学者和读者分享，一起解读波士顿何以能成为美国的“文化之都”、“教育之都”，何以能拥有全世界最好的教育资源。所以本书不仅写作手法使用的是第一人称，而且其中的很多内容，都是未加修饰的真情实感。

梭罗在世时，一直生活在大波士顿地区的康科德，他在其名著《瓦尔登湖》中写道：“许多书，避而不用所谓第一人称的‘我’字；本书是用的；这本书的特点便是‘我’字用得特别多。其实，无论什么书都是第一人称在发言，我们却常把这点忘掉了。”本书的写作风格，与梭罗的这段话，也算是一种巧合吧。

特别要感谢我的家人和三联书店的胡群英编辑。我的夫人钟慧媛女士，不仅对我这么多年的书生意气保有着持续的宽容，而且还为本书写了序言。我的儿子唐钟书，不仅以他“小大人”式的懂事和体贴，陪伴了我在波士顿的十个多月时间，而且回国后还能赶上出国期间所落下的所有课程，相较其他国内同学而言，他相当于“休学一年跳了一级”，我觉得他真的很棒！胡群英编辑虽然从未谋面，但她的学养和敬业给我留下了深刻的印象，她对我信马由缰的“随笔”如此精心地编排、审核和校对，让我更加由衷地钦佩和赞赏三联书店的信誉和水平。

再次感谢所有关心和帮助过我的人！

是为跋。

唐东楚

2014年2月19日一稿

2015年6月1日定稿

于湖南长沙岳麓山